Ingo Sylvester ist gelernter, inzwischen pensionierter Industriekaufmann. Hier schildert er ein *Kindsein* und *Erwachsenwerden* am Ende des neunzehnten und Beginn des zwanzigsten Jahrhunderts.

Ingo Sylvester

Anton Kampe

Vom Messdiener zum Sozialdemokraten

Edition
Ingo Sylvester

Bibliografische Information der Deutschen Nationalbibliothek:
Die Deutsche Nationalbibliothek verzeichnet diese
Publikation in der Deutschen Nationalbibliografie;
detaillierte bibliografische Daten sind im Internet über
<u>dnb.dnb.de</u> *abrufbar.*

Herstellung und Verlag: BoD – Books on
Demand, Norderstedt

© 2020 Ingo Sylvester
Kontakt: „<u>i-sylvester@t-online.de</u>"
Illustrationen: Heike Sylvester

ISBN: 9783751971171

Zur Erinnerung an

unsere Vorfahren

Sie hatten uns noch so viel sagen wollen.

Wir hätten viel mehr fragen sollen.

Wenn wir aber Erinnerungen, Zeitumstände, Dokumentiertes und historische Gegebenheiten verbinden, sehen wir ihren Lebenslauf plötzlich deutlich vor uns.

In Erwartung

Dicker Nebel lag seit Tagen bei Meschede über dem Ruhrtal und über dem Arnsberger Wald, auch am Nachmittag des 3. November 1886, als die Wirtin des einzigen Gasthofes in Enste hinaus auf das Podest vor ihrer Eingangstür trat.

Mit einer gewissen Ungeduld blickte sie in das Grau des Himmels, um irgendwo ein bisschen Blau zu entdecken. Das aber wollte sich ebenso wenig zeigen, wie das Kind unter ihrem Herzen, dessen Geburt sie seit Tagen sehnlichst erwartete. Es will wohl wirklich warten, bis es tatsächlich Licht in der Welt erblickt, dachte sie, schob die gespreizten Finger unter ihre Schürze, legte die Hände auf den gewölbten Bauch und streichelte das kommende Leben.

Ihr Mann war am Vormittag wie gewohnt mit den Pferden in den nahen Wald gezogen, und ihr zehnjähriger Sohn Franz nach Meschede in die Schule hinuntergelaufen.

„Geht nur, das Kind kommt noch nicht, seid aber vorsichtig", hatte sie ihnen mit auf den Weg gegeben.

Für einen Augenblick waren ihre Gedanken bei ihrem ersten Mann. Der betrieb das Fuhrgeschäft und sie die Wirtschaft. Die meiste Zeit des Jahres hatte er im Forst zu tun. Da galt es, Jungholz zu brechen, Stäm-

me an den Weg zu ziehen und Holz abzu-
fahren. Waren die gefällten Stämme von
den Ästen befreit, zugeschnitten und abgelagert, so stand gelegentlich eine Fuhre zum
Sägewerk nach Freienohl an. Mit der Rückfahrt ergab das ein Tagewerk. Im Winter
fuhr er nach Meschede auf den Markt, wo
Reiserholz von den Bürgern zum guten Preis
als Brennholz gekauft wurde. Lange hatte
es ihr erster Mann so gehalten, bis vor einigen Jahren eine große Buche falsch fiel und
ihn erschlug — ein schwerer Schicksals-
schlag für sie und ihren Sohn. Das Trauer-
jahr war für sie nicht nur persönlich, sondern auch wirtschaftlich schwer, musste sie
das Fuhrgeschäft doch nun in Lohnarbeit
vergeben. Es war ihr recht, dass sie am Ende des Trauerjahres immer häufiger freund-
liche Blicke von ihrem Nachbarn, dem Land-
wirt Caspar Gottfried Kampe, erhielt, und
dass er ihr vor fünf Jahren zu Beginn des
Winters anbot, um einen Gotteslohn für sie
das Brennholz zu hacken und auch andere
Arbeiten zu erledigen. Sie nahm das dankend an und erkannte erfreut, wie er alle ihre Arbeiten freudig, schnell und gut erledigte. Am Abend stellte sie ihm stets eine warme Mahlzeit und einen heißen Tee hin. Es
entwickelte sich zu einer kleinen Zeremonie,
dass er dann mit den Stammgästen noch
ein Bier trank, bevor er nach Hause ging.

Am 1. Januar 1882, als sie ihm wie üblich den Tee hinstellte, legte er seine Hand auf ihren Unterarm und sagte:

„Setz dich einen Augenblick zu mir, Lisette, ich will dich was fragen."

Dann sah er ihr tief in die Augen und fragte sie, ihren Taufnahmen wählend:

„Elisabeth, willst du mich heiraten?"

Die Frage kam für sie nicht wirklich überraschend, auch sie hatte die Möglichkeit schon bedacht. So schmiegte sie sich an ihn, gab ihm einen Kuss auf die Wange und flüsterte ihm ein „Ja!" in sein offenes Ohr.

Die Szene war den Stammgästen nicht entgangen. Spontan klatschten sie Beifall und einer stimmte an:

„Sie leben, sie leben, sie leben dreimal hoch, hoch, hoch … "

Caspar Gottfried rief: „Dank ook, dat gifft ne Runde." Lisette wand sich aus seinen Armen, schnappte sich ein Tablett und stand, ehe man sich's versah, mit einer Runde Obstler vor ihren Stammgästen.

„Na, dann auf euer Wohl", sprach der Oberförster. „Und lasst uns nicht zu lange warten, wir kommen zur Hochzeit, ob eingeladen oder nicht, wir sind da."

***

„Mama, Mama. wo bleibst du?" Die Stimme ihrer gut dreijährigen Tochter Juliane aus dieser Ehe riss sie aus ihren Erinnerungen. Verhalten antwortete sie:

„Kind, ich komme gleich." Dann blickte sie noch einmal suchend in das Grau und glaubte, doch noch ein helleres Grau im Südwesten zu erkennen. Drinnen strich sie der ungeduldigen Kleinen über den Kopf, ehe sie sich an die Zubereitung des Abendessens machte.

Es gab Bohnen, Birnen und Speck. Sie kontrollierte das Feuer, legte Scheite nach, füllte die Wasserkasserolle auf, gönnte sich dann ein wenig Ruhe auf der Eckbank, während die Kleine zu ihren Füßen mit der Puppe spielte. Das Kind nahm das kommende Ereignis spielerisch vorweg.

„Hier ist dein Bettchen", flüsterte sie der Puppe zu, „du musst jetzt schön schlafen, damit du groß wirst."

Bald wurde Lisette wieder geschäftig, entnahm der Herdplatte drei Eisenringe, damit die Wärme den Kochtopf direkt erreichen konnte und deckte den Tisch. Dann setzte tatsächlich die erste Wehe ein.

„Bald bekommst du ein Schwesterchen oder ein Brüderlein", ließ sie das Kind wissen und lauschte auf die Geräusche vor dem Haus. Wo gerade das Gespann vorfuhr. Ihr Junge, der aus der Schule zurückgekehrt war, kam hereingesprungen:

„Mama, wie geht es dir, wir sind etwas

früher heimgekommen.“

„Ja, das ist gut so, sag deinem Vater, er soll die Hebamme heraufholen, die Wehen haben eingesetzt.“

„Mach ich“, und schon war er wieder draußen. Lisette war stolz und froh. Sie musste nicht das Wort Stiefvater gebrauchen. Gottfried und Franz verstanden sich gut, sie waren sozusagen ein Herz und eine Seele. Die Nachbarn und die Schulfreunde nannten den Jungen inzwischen auch *Franz Kampe* und nicht länger *Franz Gerstel.*

Man hörte, wie vor dem Haus Geräte weggeräumt wurden. Die Pferde standen noch im Geschirr. Gottfried legte ein Brett als Sitzbank in den Kastenwagen ein. Dann sah Lisette, wie das Fuhrwerk auf der leicht abschüssigen Straße nach Meschede fuhr.*

Die Gaststube, die meist für den Kneipenbetrieb ausreichte, hatte eine Schiebetür zum Saal, der nur bei Festlichkeiten genutzt wurde. An diesem Tag stand die Tür offen, und immer, wenn die Wehen einsetzten, wanderte die werdende Mutter um den großen Versammlungstisch. Zur Abwechslung grüßte sie bei jeder Runde Fuchs und Hase, die sich auf einem Bord Gute Nacht wünschten. Wie in der Natur hielt der Hase auch hier respektvoll einen gewissen Abstand zu

* *Skizze siehe Seite 222*

Reineke Fuchs. Gut präpariert und ausgestopft sahen sie noch ganz fidel aus. Aufmerksam wurden sie von der ebenfalls gut hergerichteten Eule beobachtet. Deren gläserne Augen guckten so weise, dass die Schwangere sich bei jeder Runde milde und wohlwollend beobachtet fühlte. Sie sorgte sich nicht um die Geburt, mehr Aufmerksamkeit erforderte das Essen, das warm gehalten werden musste, aber nicht anbrennen sollte.

Gegen 20 Uhr fuhren Vater, Sohn und Hebamme Anna vor. Die Abstände zwischen den Wehen waren noch groß genug, so konnten sich alle, einschließlich Magd Hilde und Knecht August, zu Tisch setzen. Das Abräumen und die Abwasch wies Lisette der Magd zu, sie selbst deckte den Tisch für den nächsten Morgen. An diesem Tag waren keine Gäste gekommen, so löschte Gottfried das Licht vor der Wirtshaustür und schloss ab.

Die Hebamme lenkte das Gespräch auf die bevorstehende Geburt:

„Lisette, habt ihr alles gut vorbereitet?" fragte sie, obwohl sie daran keinen Zweifel hatte.

„Na klar, ist doch nicht meine erste Geburt", bekam sie zur Antwort.

„Das Bett steht frei im Raum. Es ist frisch bezogen, ein Wachstuch, saubere Handtü-

cher, Windeln, Babytücher, eine Waschschüssel, Wasser, Seife und die Wiege sind
da, du kennst die. mein Vater hat die doch
schon für die Geburt von Franz angefertigt.
Den *Pastor** lege ich gleich unter die Decke,
sobald ich die Kleine ins Bett gebracht
habe.“

Ihr Sohn ging nach oben voraus in das
gemeinsame Kinderzimmer. Lisette nahm
die kleine Juliane, die sie Julchen nannten,
an die Hand und folgte ihm.

„Komm Julchen, waschen, Zähne putzen
und ab in die Heia. Morgen früh bekommst
du ein Brüderlein oder Schwesterlein.“
Die Kleine war ohnehin müde, folgte willig
und wurde von der Mutter in das Kinderbett
gepackt. Zum Schluss gab Lisette Sohn und
Tochter noch einen Gutenachtkuss.

Den *Pastor** legte sie in ihr Bett, bevor
die Wehen wieder einsetzten, und sie nun
oben im Schlafzimmer ihre Runden lief, begleitet und beraten von der befreundeten
Geburtshelferin, die ihre lederne Hebam-
mentasche dort schon abgestellt hatte. Zwischendurch achtete sie immer wieder darauf, dass zu Hygienezwecken stets heißes
Wasser verfügbar war.

'Pastor' alter sauerländische Ausdruck für Wärmflasche.

Für die Hebamme hatten sie das Gästezimmer Nr. 1 hergerichtet, aber vorerst war
an Schlaf nicht zu denken. Die Wehen kamen nun regelmäßig alle fünfzehn Minuten
und nach Mitternacht alle drei Minuten.
Dann begannen die Eröffnungswehen. Kan-
delaber, eine Petroleumlampe und zusätzlich
eine Stalllaterne warfen flackernde Schatten
gegen die Wände. Draußen riss der Nebel
auf, und der Mond erhellte die Nacht ein
wenig.

Elisabeth spürte, dass sie zu Bett gehen
und die Beine hochlegen musste. Anna un-
terstütze sie wortreich bei ihren Atemübun-
gen. Die Fruchtblase platzte rechtzeitig. Die
Austreibungsperiode begann.

Seit sie hier oben im Schlafzimmer waren,
hatte Gottfried still in seinem Lehnstuhl gesessen, gelegentlich in der Bibel und im Ge-
sangbuch geblättert und von Zeit zu Zeit ein
Gebet gemurmelt. Äußerlich ruhig, innerlich
angespannt, zog er hin und wieder seine
Mundharmonika aus der Jackentasche und
spielte leise ein frommes Lied:

> *Ave Maria*
> *Großer Gott, wir loben dich*
> *Lobet den Herren*
> *Aus meines Herzens Grunde*

oder

> *Lasset uns loben, freudig loben*

und andere.

Als bei Lisette die Presswehen einsetzten, erhob er sich, umfasste die Hand seiner Ehefrau, legte die andere liebevoll auf ihren Unterarm und sprach in das Stöhnen seiner Frau hinein:

„Gott helfe dir und unserem Kind."

In der nachfolgende Stille hörte er wie von ferne die Stimme der Amme:

„Lisette der Kopf ist da … , jetzt auch die Schultern!"
Bei diesen Worten fiel das Neugeborene in die schützend hingehaltenen Hände der Hebamme. Routiniert legte sie das Kind zwischen Lisettes Schenkel, reinigte Mund und Nase, hob das Kind an den Beinen hoch und gab ihm einen leichten Klaps auf den Po. Mit kräftigem, anhaltenden Schrei trat der neue Erdenbürger seinen Lebens- weg an. Die Hebamme trennte die Nabel- schnur, band sie ab reichte das Kind vor- sichtig der Mutter:

„Hier hast du deinen gesunden Jungen, Lisette."

Diese küsste ihn zart und innig und reich- te das Kind mit den Worten zurück:

„Zeig ihn nun Gottfried."

Der nahm das kleine Wesen behutsam entgegen, wiegte es vor seiner Brust und sah es lange an, ehe er es der Amme mit den Worten:

„Gott schütze Mutter und Kind",

zurückreichte. Anna wickelte es nun in vorgewärmte Tücher und legte es in die ebenfalls vorgewärmte Wiege für seinen ersten
kräftigenden Schlaf.

Nun konnte sie sich wieder der Mutter
und den verbleibenden Aufgaben widmen.
Inzwischen war es nach ein Uhr am vierten
November. Die Hebamme blieb noch knapp
zwei Stunden bei Mutter und Kind. Als dann
beide friedlich schliefen, wünschte sie Gottfried noch eine gute Nacht und legte sich im
vorbereiteten Gästebett erschöpft, aber zufrieden nieder.

***

Gottfried zog sein Bett wieder leise an das
seiner Frau, legte seine Oberbekleidung ab,
setzte sich auf die Bettkante, stützte die
Ellenbogen auf seine Oberschenkel und die
Wangen auf seine Fäuste, um den langen
Tag noch einmal für sich zu durchdenken.
Wie immer hatten er und der Knecht früh
die Pferde aufgezäumt, vor den großen Wagen gespannt, hatten heute Spaltholz aufgeladen und zum Ensthof gefahren. Als sie
heimkamen, lief sein Stiefsohn gerade ins
Haus und kam mit dem Auftrag zurück, die
Hebamme zu holen. Spät hatten sie gegessen, dann auf die Geburt gewartet. Gegen
zehn Uhr wurde unten die Wirtshaustür ver-
schlossen und sie gingen ins Schlafzimmer,

16

wo alles für die Niederkunft vorbereitet war. Jetzt – vor dem Einschlafen – hatte er wieder das Bild im Kopf, wie er für einen Moment seinen kleinen Sohn glücklich in den Händen hielt. Ja, glücklich war er über seinen Stammhalter; dankbar hatte er für sich und ihn den 23. Psalm gebetet und Gott für dieses Leben gedankt. Aber ein irdisches Vorurteil begehrte Einlass in sein Gedächtnis. Er wollte es verdrängen, ehe es sich seiner bemächtigte, doch das gelang ihm nicht. Noch stand der Gedanke vor der Tür seiner Erinnerung. Um Einlass zu erhalten, schickte er eine Botschaft voraus:

„Es ist aber so", hieß die. Jetzt war der Gedanke drinnen und auch verschämt und lautlos akzeptiert:

„Für einen Fuhrmann bist du zu klein, Anton."

Nun hatte dieser irdische Gedanke seinen Platz gefunden. Er blieb aber unausgesprochen. Dafür hörte man Gottfried sagen:

„Der kleine soll Theodor und Anton heißen, wir werden ihn Anton rufen."

Das war der Tag, dann fiel auch Gottfried müde in sein Bett und schlief traumlos bis zum Hahnenschrei.

***

Gasthof in Enste vor 1900

Die ersten Jahre

Hof und Gastwirtschaft gewähren keinen Feiertag. So wälzte sich Gottfried, geweckt durch den Hahnenschrei, aus den Federn, blickte liebevoll auf Mutter und Kind, strich beiden zärtlich mit den Fingerrücken der rechten Hand über deren Wangen, bevor er sich der Waschkonsole zuwandte. Notdürftig wusch er sich Gesicht und Oberkörper, kippte das Waschwasser durchs Fenster, warf einen liebevollen Blick auf die noch Schlafenden und taumelte über die Treppe nach unten in die Wirtsstube, wo sein Stiefsohn schon wartete. Die Magd stellte Brot, Butter, Wurst und Käse auf den Tisch, brachte ihm anschließend seinen Becher mit Zichorienkaffee und fragte aufgeregt:

„Ist alles gut gelaufen, ist das Kind da? Und was ist es?"

„Ja, es ist ein Junge, heißt Anton. Lisette und er schlafen noch", bekam sie zur Antwort. Dann umfasste er den Becher mit beiden Händen und führte ihn, die Ellenbogen auf den Tisch gestützt, zum Mund. Genussvoll sog er das wärmende Getränk ein, verzehrte eine Scheibe Brot mit Mettwurst, auch eine mit Käse und ging in den Stall.

Vom Rasseln des Pferdegeschirrs, dem Rumpeln der Räder und einem lauten „Hü! Ho!" geweckt, schritt Lisette ans Fenster und winkte ihrem Mann nach. Sie spürte, dass Milch in ihre Brust geschossen war und pumpte eine erste Menge ab. Nachdem sie Körperpflege und Ankleide hinter sich hatte, kontrollierte sie Haus und Stall, bevor sie sich an den gedeckten Tisch zum Frühstück setzte. Dann kam auch die Hebamme dazu.

An diesem Tag gönnte sie sich etwas mehr Zeit und ging wieder nach oben, um nach dem neugeborenen Anton zu sehen. Der schlief vorerst noch den Schlaf des Gerechten, meldete sich aber pünktlich zu Mittag und forderte seine erste Mahlzeit ein.

Lisette stillte gut ein Jahr, dann wurde Anton auf Fläschchen und Brei umgestellt. Das kleine Julchen verfolgte die Entwicklung ihres Brüderchens mit anhaltender Neugier und merkte sich genau, was er tat.

***

Wir wollen aber nicht weiter vorgreifen, zunächst musste das Baby getauft werden. Beim gemeinsamen Frühstück hatte Lisette der Hebamme zwei Aufträge mit auf den Weg gegeben:

„Sag dem Pfarrer der Walburga-Kirchengemeinde, wir möchten das Kind am 9. November taufen lassen und lade auch meine Trauzeugen und die Taufpaten dazu. Franz geht nach der Schule zu ihnen und fragt, ob sie kommen können."

Schon früh am nächsten Tag sah man den Herrn Pfarrer auf der leicht, aber lang ansteigenden Enster Straße heraufkommen, hatte er doch in Gottfried Kampe einen überzeugten Gottesstreiter. Wenn auch keine Nottaufe nötig war, so wollte er dem kleinen Kampe dennoch möglichst schnell Gottes Segen überbringen. Gottfried arbeitete noch auf dem Hof, ließ das Werkzeug fallen, begrüßte den befreundeten Geistlichen herzlich und bat ihn auf einen Frühschoppen in die Gaststube.

Erfreut hörte er, dass der Pfarrer nach der Eröffnung des Gottesdienstes in der Verkündigung als biblische Lesung die Abrahamgeschichte ausgesucht hatte. So nickte er geflissentlich, war aber mit seinen eigenen Gedanken unzufrieden, denn erneut huschte das Vorurteil durch seinen Kopf: *Für einen Fuhrmann bist du zu klein!* Er spürte, dass es unberechtigt war, konnte sich aber dessen nicht erwehren. Mit der Frage nach einem zusätzlichen nichtbiblischen Text riss ihn der Geistliche aus dem Widerstreit seiner Gedanken, und erleichtert merkte Gottfried, dass die Antwort spontan über seine Lippen floss:

„Ja, sein Großvater, der Schreinermeister Joseph Frigge, spricht sicher ein paar Verse aus dem Gedicht von Schenkendorf, *Muttersprache*. Als Taufspruch hatte der Pfarrer den 23. Psalm *Der Herr ist mein Hirte* gewählt, was den Eltern gut gefiel. Lisette zeigte noch das selbst genähte Taufgewand vor, dann ging der Geistliche leichten Schrittes wieder hinunter nach Meschede.

***

Sobald Anton krabbeln konnte, wurde er auf ein gründlich ausgewaschenes Schaffell im Laufgitter gesetzt. Das stand üblicherweise im Bereich der geöffneten Schiebetür, da der Saal meistens nicht benötigt wurde. So hatte die Mutter immer Blickkontakt zu ihrem Sohn, während sie als Wirtin tätig war. Auch bei Arbeiten in der Küche konnte sie mit zwei Schritten Richtung Gaststube ein Auge auf ihn werfen. Hatte sie eine Bestellung aufgenommen oder Gläser wegzuräumen, blieb immer noch Zeit, um sich ihrem Kleinen zuzuwenden. So lief alles sehr gut ab, und war ja bei ihren Töchtern Juliane und Maria-Clara gründlich erprobt worden. Trotzdem war es manchmal stressig, denn anders als die beiden Mädchen weinte der kleine Anton ziemlich oft. So hieß es bald:

„Kampes Memme plärrt schon wieder."

Doch Lisette war geduldig und wurde gut damit fertig, sie hatte auch Unterstützung vom Julchen, das sich liebevoll um das Brüderlein kümmerte und die Mutter damit entlastete.

Nach seinem ersten Geburtstag zog sich Anton immer häufiger an den Stäben des Laufgitters hoch und schob sich bald nach rechts und links am Gitter entlang. Gottfried, der sich bislang morgens und abends am Laufgitter niederkniete, um mit seinem Stammhalter glücklich zu kommunizieren und ihn anschließend in seinen Armen wiegte, setzte ihn nun zwischen seinen Knien ab und führte ihn an erhobenen Händchen durch die Gaststube.

Am Ostersonntag 1888 ermutigte er ihn, frei in die ausgebreiteten Arme seiner Mutter zu laufen. Der Kleine schaffte es und tat damit unter Beifall seiner Familie und der Gäste den Schritt ins Leben.

Kaum war die Aufregung und Aufmerksamkeit ein wenig abgeklungen, da platzte die fünfjährigen Juliane mit einer Frage heraus:

„Wird das Brüderlein nun auch bald ein Engel, so wie Maria-Clara?"

„Aber nein, mach dir keine Sorgen", bekam sie hastig zur Antwort. Lisette hob sie schnell und sanft an ihre Brust, schmiegte Wange an Wange und sagte leise aber bestimmt:

„Julchen, das war doch ein Unglück, das wir diesmal allesamt verhindern werden, wir passen doch auf, dass der kleine Anton keine rohe Kuhmilch trinkt."

Auch Gottfried strich ihr zart über den Kopf, zog nun seine Mundharmonika hervor und sagte:

„Ich spiele für Clara jetzt ein Lied, das hört sie auf ihrer Wolke, und das erfreut sie."

Nun klangt ein dankbar aufgenommenes *Ave Maria* in die Stille, während Mutter Elisabeth mit Julchen auf dem Arm langsam in der Gaststube auf und ab ging bis das Lied ausklang. Als sie einen diskret angedeuteten Getränkewunsch wahrnahm, setzte sie das Kind ihrem Mann auf den Schoß und verschwand in gewohnter Routine hinter der Theke. Anton war unterdessen in die Arme der Magd Hilde gelaufen, die sich immer wie eine Mutter um ihn kümmerte.

Während die Eltern anschließend die Kinder oben zu Bett brachten, entwickelte sich unter den Gästen ein leises Gespräch:

„Darf auch nicht passieren, dass Kleinkinder unbemerkt rohe Milch trinken."

„Schlaumeier! Vor zwei Jahren wusste das hier noch niemand."

„Frag doch mal den Doktor im Dorf, seit wann der das weiß."

„Robert Koch hat doch erst vor fünf Jahren den Brechdurchfall der Kinder erforscht und ist vor fünf Jahren auch noch in Ägypten gewesen.

„Wann hat er das denn veröffentlicht?"

„Aber man muss eben immer nach den Kindern sehen."

„Du nun wieder, du weißt doch, wie es hier manchmal zugeht, da schläft ein Kind friedlich ein, und wenn die Mutter wieder nachschaut, liegt es erstickt im eigenen Erbrochenen."

„Ja, so ist das, die gefährlichste und verheerendste Säuglingskrankheit."

Sie hörten das Knarren der Stiege und wussten, die Eltern kommen zurück. Die Diskussion verstummte. Ein anderes Thema beflügelte die Runde.

***

Die nächste Zeit verlief für Lisette in gewohnter Normalität, sie band die Kinder ganz selbstverständlich in ihren Alltag ein. Ab Ende Mai und im Juni nahm sie beide gern mit in den Garten, ließ sie in der Nähe spielen, motivierte sie zum Unkrautjäten oder lehrte sie die Küchenkräuter und Gartenfrüchte zu erkennen, erzählte ihnen auch, zu welchem Essen die Früchte und Gewürzpflanzen gut passen. Gelegentlich musste Julchen ihre kleine Schürze vorhalten. Lisette packte Zutaten für das Mittagessen hinein und schickte das Kind damit in die Küche zu Hilde, so war dies eine kleine Hilfe.

25

Das änderte sich bereits im nächsten Frühjahr, denn da ging Julchen vormittags schon in die einklassige Schule im Ort. Der Weiler Enste hatte vor 1900 zwar nur etwa 70 Einwohner, es kamen aber noch einige Erstklässler aus den Einzelhäusern der Umgebung hinzu.

Seit dem 14. Jahrhundert gab und gibt es hier auch eine katholische Kapelle, die war zu der Zeit zwar nicht dauerhaft mit einem Pfarrer, jedoch mit einem Küster besetzt, der auch die Erstklässler und den einen oder anderen Spätentwickler unterrichtete. Damit war der preußischen Schulpflicht Genüge getan, und die Schulanfänger hatten keinen langen Schulweg.

Drei weitere Jahre war Anton vormittags als Einzelkind unter den Erwachsenen, er entbehrte nichts, fand genügend Aufmerksamkeit und Trost. Wenn gelegentlich ein Missgeschick passierte, hieß es nur:

„Ach, Kampes Memme plärrt schon wieder."

Schellte aber mittags die Glocke der Wirtshaustür, lief er, Julchen, Julchen rufend, seiner Schwester freudig entgegen, die ab dem 2. Schuljahr von Meschede hochkam. Auch nachmittags gab es immer etwas, womit die Kinder beschäftigt werden konnten, das fing beim Tischabräumen nach dem Essen an und hörte nach der Abwasch mit dem Abtrocknen noch nicht auf. Julchen kannte das schon und gab ihr Wissen gern weiter. Für Anton schob sie den großen Küchenhocker an die Spüle, und er fuchtelte wild mit der Tassenbürste durch das Spülwasser. So wurde hin und wieder doch ein Teller oder eine Tasse sauber. Den Rest überließen sie ihrer Mutter oder Hilde, schnappten sich jeder einen Holzlöffel und machten damit Küchenkonzert.

An Waschtagen liefen die Kinder gern zu Hilde in die Waschküche. Das Kochen der Windeln in dem großen befeuerten Waschkessel aus Zink fiel jetzt zwar nicht mehr an, der Kessel stand dennoch häufig unter Dampf, in einem Wirtshaus mit Beherbergung muss sehr oft gewaschen, gespült, getrocknet und gebügelt werden. Das Waschmittel bestand aus vom Seifenblock gehobelten Spänen und Soda. An der Wand gab es eine Balje. Getrocknet wurde fast immer im Freien, ging das gar nicht, so spannten sie im Wasch- und Trockenraum Leinen von Wand zu Wand. Zum Trocknen, Mangeln und Bügeln schloss sich an die Waschküche der kleine Trockenraum an. Dort wurde auch das Bügelbrett aufgestellt, doch weil sie noch keinen elektrischen Strom hatten, mussten die Bügeleisen mit Glut erhitzt werden, die im Zinkeimer aus der Küche geholt wurde.

Zum Teil fiel auch Weißwäsche an. Die musste noch über Nacht im Bleichmittel verweilen. Tags darauf deponierten sie die Stücke zur Nachbleiche auf dem Rasen. Demnächst wollte Lisette etwas Neues ausprobieren. Unten in Meschede hatte sie ein Plakat gesehen, das warb für

Dr. Thompson's Seifenpulver Marke Schwan.

***

Im Sommer und im Herbst lieferte der Garten immer etwas zum Naschen, für den Tisch, zum Ernten oder zum Konservieren. Zuerst kamen die Frühkartoffeln und der Spargel, gefolgt von Wurzeln, Erdbeeren, Kirschen, Tomaten, Gurken, Kohlrabi, Sellerie, Kohl, Beeren, Äpfeln, Birnen, Pflaumen und Nüssen, begleitet von diversen Kräutern und Gewürzen. Alles musste zeitnah verarbeitet, verbraucht, gehalten oder haltbar gemacht werden. Deshalb sprangen Lisette und Hilde im Sommer ständig zwischen Haus und Garten hin und her. Gekocht wurde, was Garten und Speisekammer gerade hergaben; aber auch Wünsche wurden erfüllt, wenn es sich machen ließ. Hilde musste immer reichlich kochen, denn das jeweilige Familienessen kam gleichzeitig als Tagesangebot auf die Speisekarte. Auf der standen auch immer Bauernfrühstück und Würstchen mit Kartoffelsalat, denn Kartoffeln wurden ständig auf Vorrat gekocht und die restlichen für Bratkartoffeln, Kartoffelsalat, Kartoffelmus oder Kroketten verbraucht. Speisen, die nicht über Tisch und Theke gegangen waren, servierten sie tags darauf als Vorsuppe. Ergänzt um jahreszeitlich bedingten Salat, um Eierspeisen und Früchtekompott, enthielt die Speisekarte doch eine gute Auswahl. Zudem war Wurzelsuppe im Dauerangebot.

Die Familie aß immer auf der linken Seite der Gaststube, von der Theke aus gesehen. Gegenüber befand sich der Stammtisch, weitere Plätze gab es in Fensternähe. Vor jeder Mahlzeit sprach Gottfried ein Tischgebet.

Am Donnerstag den 19. September 1889, fiel das etwas länger aus und endete mit den Worten:

„Unsere kleine Maria-Clara wäre heute fünf Jahre alt geworden, wir wollen uns liebevoll an sie erinnern und für sie fünf Geburtstagskerzen anzünden.‟

Alle falteten die Hände, und er spielte für sie von Hoffmann von Fallersleben das Lied: *Abend wird es wieder.*

Seine Frau dachte in diesem Augenblick an den nebligen Abend vor der Geburt ihres kleinen Jungen. Sie haderte nicht mit Gott, sondern dankte ihm im Stillen, dass er ihnen noch einen gesunden Knaben geschenkt hatte, denn so ganz jung waren ja beide nicht mehr.

Kaum war das Gebet beendet, da meldete sich der fast Dreijährige auch schon, lauthals ein Stück Kuchen einfordernd. Seine sechsjährige Schwester griff beherzt zu und knallte ihm spontan ein Stück Butterkuchen auf den Teller. Anton heulte, weil er ein anderes Stück wollte. Mutter und Tochter kommentierten sein Heulen mit dem Üblichen:

„Kampes Memme plärrt schon wieder."

Die Alltagsathmosphäre war zurückgekehrt, was eigentlich auch allen recht war, obwohl Gottfried die Stirn runzelte.

Julchen und Anton erhielten jetzt häufig Besuch von Nachbarkindern, gingen auch gern zu denen und erkundeten gemeinsam den Weiler. Erster Anziehungspunkt war die alte Katharinen-Kapelle, dann ging es weiter zum Schultenhof mit seinem trutzigen Wehrspeicher. Die früheren Landesherren hatten den Bau solcher Wehrtürme zur Sicherung der Versorgung angeordnet. Dieses feste Haus war noch immer ein guter Lagerort. Darüber machten sie sich natürlich keine Gedanken, für sie war es nur ein markanter Orientierungspunkt. Das Forsthaus ließen sie rechts liegen und kamen bald an

den Bach *Glassmecke*. Das war die natür-
liche Grenze ihrer Entdeckerlust. Hier warfen sie kleine Steine in das sprudelnde Wasser und wateten mit den Füßen hinein.
Jeder fing sich noch einen Frosch und verwahrte ihn in einem mitgebrachten Glas,
das sie mit einem Taschentuch zu deckten.
Kampes Memme plärrte wieder einmal, als
er barfuß in eine Distel trat. Erst als die
Schatten länger wurden, merkten sie, dass
es Zeit war heimzugehen. Nun knurrte
ihnen plötzlich auch der Magen.

***

Von November bis Februar 1890 fiel nicht
so viel Gartenarbeit an, es wurde insgesamt
ruhiger und gemütlicher. Der Wirtin glitten
dann die Gläser etwas langsamer durch die
Finger, und sie konnte auch mal unauffällig
den Stammtischgesprächen lauschen, ließ
jedoch höchstens mit einem Nicken oder
einem freundlichen Wort erkennen, dass
sie wusste, um was es ging, denn eine
Wirtin darf zwar alles hören, aber sie darf
nichts sagen.
Die Gespräche der Stammgäste kreisten
mal wieder um die längst ausgestandene
Streitsache mit dem preußischen Fiskus in
die Gottfried und vier weitere Provokanten
verwickelt waren. Die Geschichte war ja

auch von grundsätzlicher Bedeutung gewesen und hatte deswegen sogar ihren Niederschlag in der Forstzeitung gefunden. Meist kam das Thema auf, wenn einer mit der Obrigkeit in Konflikt geraten war. Dann hieß es ganz schnell:

„Ja, mit den Oberen darfst du dich nicht anlegen, das kennt man doch von der Reiserholzgeschichte her. Es gab nach zehn Jahren Rechtsstreit noch weniger Leibrente als anfangs vom Förster festgesetzt, und einen Taler Gerichtskosten musste man obendrein zahlen. Am besten hätten wir gar nicht prozessiert."

Wenn Gottfried das hörte, blieb ihm nur der Hinweis:

„Der Prozess war doch nicht zu vermeiden. Der Fiskus hielt die Einschätzung für zu hoch, der hat doch seinerseits den Rechtsweg eingeschlagen."

Das reichte für diesmal wieder, und irgendwer stimmte ein Trinklied an. An diesem Tag hieß es:

„Trink, trink Brüderlein trink, lass doch die Sorgen zu Haus … "

und weil noch niemand gehen wollte sangen sie weiter:

„Nach Hause, nach Hause, nach Hause geh'n wir nicht, bei Kampes brennt noch Licht, nach Haus gehen wir nicht … " und

„Trinken wir noch ein Tröpfchen, trinken

wir noch ein Tröpfen … "
Instrumentenbegleitung brauchten sie heute nicht. In Stimmung waren sie auch so.

∗

Die Tage kamen, die Tage gingen. Das
Leben nahm seinen gewohnten Lauf. Nur im
darauf folgenden Sommer, 1891, gab es
eines Tages eine helle Aufregung. Von der
Kapelle her hörte man es zwölf Uhr mittags
schlagen. Hilde stellte den großen Topf mit
geräucherter Suppe auf den Tisch. Am Vorabend hatte sie bereits getrocknete Pflaumen und Erbsen vorquellen lassen; am Vormittag Petersilienwurzel, Knollensellerie und
Kartoffeln geschält, zu Stiften und Würfeln
geschnitten und frische Petersilie gehackt,
Rauchfleisch abgelöst und gewürfelt. Anschließend hatte sie Sellerie, Petersilienwurzel, die eingeweichten Pflaumen, getrocknete Apfelringe, Pfeffer, Salz, Estragon,
Essig, Zucker und Spargel aus einem mit
einer Schweineblase abgedeckten Stein-
zeugkrug in die Brühe gegeben und alles 20
Minuten gegart.

Nun stand also die dampfende Suppe auf
dem Tisch und verströmte ihren einladen-
den Duft in der Gaststube. Julchen lief, laut
Anton rufend durch Garten, Haus und Stall,

fand aber nur seinen Plüschteddy, den sie sich instinktiv unter den Arm klemmte. Die Erwachsenen standen schon um den Tisch und riefen mehrfach ungeduldig:

„Julchen, Anton, kommt, das Essen ist fertig." Schließlich hörten sie Julchen von draußen rufen:

„Anton ist weg, ich finde ihn nicht."

„Es hilft nichts, Hilde stell die Suppe zurück auf den Herd, wir müssen Anton suchen", entschied Gottfried.

In Richtung Meschede hatten sie freie Sicht, dort konnte er nicht sein, so gingen alle fünf, nämlich Gottfried, Lisette, Franz, Knecht August und Julchen durch den Weiler in Richtung Glassmecke und befragten die Nachbarn.

„Ja, Anton kam hier vorbei", antwortete der eine oder andere. Als sie ihn auch bei Förster Jörgen nicht fanden, pfiff der seinen Vorstehhund heran, ließ ihn am Teddy schnuppern und schickte ihn mit den Worten „Rex, such!" auf die Fährte. Tatsächlich führte sie das Tier zunächst an den Spielplatz der Kinder ans Bachufer, lief dort kreuz und quer hin und her, dann aber entschlossen auf dem Weg weiter bachaufwärts, beim Papen-Berg linker Hand in den Wald und dort am Hang hoch. Anton war hier einem Specht nachgelaufen, hatte sich dann für ein Eichhörnchen und allerlei Kleingetier an Boden interessiert, dabei plötzlich die Richtung verloren. Nun lag er hier bäuchlings in einer Senke auf dem weichen Waldboden, hatte den Kopf auf die Unterarme gelegt und schluchzte wie ein Schlosshund. Plötzlich stieß eine feuchte Schnauze an sein Ohr. Er drehte den Kopf dorthin und stieß hervor: „Rex, du!? Bring mich nach Haus!"

Der Hund blieb aber schwanzwedelnd neben ihm stehen und bellte nur laut. Anton hörte Stimmen, die näherkamen. Er wusste nun: Sie suchen mich. In seinem Inneren hörte er fünf Stimmen im Chor:

„Kampes Memme plärrt schon wieder." Das wollte er sich nicht antun. Nie wieder wollte er sich das antun und befahl sich selbst:

„Diesmal nicht, diesmal weinst du nicht, wenn sie gleich hier sind."

Er wischte sich die letzten Tränen mit Handballen und Zeigefinger aus den Augen, stand auf, holte noch einmal tief Luft und ging langsam auf die Stimmen zu.

„Junge, was machst du, komm in meine Arme," rief seine Mutter. Und das tat er.

„Er plärrt ja gar nicht", klang nun tatsächlich ein mehrstimmigen Chor. Ja, er hörte es, schluckte nur einmal unmerklich und antwortete ihnen:

„Papa nimmt mich ja nie mit in den

Wald." Der schwieg dazu, wusste aber sehr wohl:

„Werktags kann ich ihn nicht gebrauchen, und sonntags gehe ich in die Kirche nach Meschede."

***

Die Berührung mit der Hundeschnauze und seine Rettung aus dem großen Wald beschäftigte den Jungen sehr, und so lag er Vater und Mutter ständig mit seinem Wunsch nach einem eigenen Hund in den Ohren. Die Mutter wollte das eigentlich gar nicht. Sie argumentierte:

„Der Hund bettelt doch nur die Gäste an, und du wirst dich schon bald nicht mehr um ihn kümmern." Allein, es half nichts. Bald darauf bekam die Dackelhündin auf dem Schultenhof Junge, und als die über drei Monate alt waren, bekam Anton einen jungen Rauhaardackel aus diesem Wurf geschenkt. Nun, um Futter musste Anton sich nicht sorgen, in der Gastwirtschaft blieb immer etwas für den Hund übrig, nur regelmäßig striegeln musste er das Tier und ständig frisches Wasser hinstellen, was er anfangs auch gern tat.

Kirche und Wehrspeicher in Enste

Was Hänschen nicht lernt

Wasserbeschaffung und -bereithaltung war im Gasthof sowieso ein ständiges Thema. Damals hatten sie noch keine Toiletten mit Wasserspülung, und auch in den Zimmern befand sich noch keine Wasserleitung; deshalb stellten sie das Waschwasser in Kannen oder Karaffen auf die Waschkonsolen. In den einfacheren Gästezimmern und in den Gesindekammern stand es in Krügen auf der Fensterbank, die waren nur mit einer einfachen Waschschüssel auf einem Ständer versehen.

Julchen kannte den Arbeitsanfall bereits und nahm Anton nun mit auf ihre morgendliche Runde. Zuerst öffnete sie die Fenster in ihrem Kinderzimmer, dann die in den Gästezimmern, anschließend wurde Abfall und gegebenenfalls der Nachttopf weggebracht. Das Waschwasser hingegen kippten sie einfach aus dem Fenster. Die Waschschüsseln wurden nachgespült und trockengerieben, Anton holte inzwischen Wasser nach. Da die Gäste oft nur eine Nacht blieben, wechselte Julchen meistens auch das Bettzeug, welches Anton zusammen mit den Handtüchern bei seinem Wasserholegang mit in die Waschküche nahm. Beide mussten sich sputen, um nicht zu spät in die Schule zu kommen.

Ab Frühjahr 1893 besuchte Anton, wie vorher seine Schwester, zunächst die einklassige Grundschule im Weiler. Ab dem Folgejahr gingen sie gemeinsam hinunter nach Meschede. Ihr Schulweg war ziemlich weit, dass es bergab ging, machte es etwas leichter. Über Enster Weg, Galiläaer Weg, Lagerstraße, Antoniusbrücke, Hennestraße und Am Scharfen Stein liefen sie zur Walburga Schule am Scheder Weg. Dort kam ihnen schon oft Antons Klassenkamerad, der Sohn des Bäckermeisters Kaputo entgegen.

Auf dem Heimweg ließen sie sich etwas mehr Zeit, dann ging es ja auch bergauf. Trotzdem durften sie nicht zu sehr bummeln, denn es sollte möglichst gemeinsam gegessen werden. Manchmal aßen sie aber als Nachzügler. Beklagten sie sich, weil keine Nachspeise mehr da war, hörten sie von ihrer Mutter oder von der Köchin:

„Wer nicht kommt zur rechten Zeit, der muss essen, was übrig bleibt."

Eines mittags lief Anton aufgeregt in die Gaststube und rief seiner Mutter entgegen:

„Mama, Mama, einige Jungs haben *oller, oller Swinetünnes* hinter mir hergerufen."

Sie drückte ihn an ihre Schürze, strich ihm über den Kopf und antwortete:

„Mach dir nichts daraus. Das ist keine Beschimpfung. Das wissen die Evangelischen vielleicht nicht. Du hast einen guten

Namen gekriegt. Dein Name kommt vom heiligen Antonius dem Großen. Der wurde um 250 in Ägypten als Sohn wohlhabender Eltern geboren. Die starben, als er 20 Jahre alt war. Er verschenkte sein Hab und Gut und zog als Einsiedler in die Wüste. Dort bestand er viele Versuchungen. Er wurde 105 Jahre alt und blieb bis zu seinem Tod Einsiedler. Es sammelten sich um ihn andere Einsiedler, so dass eine Mönchskolonie entstand. Das wurde die erste Einsiedlergemeinde. Später ließ der heilige Pachomius um die Einsiedelei eine Mauer errichten, so entstand das erste christliche Kloster. Antonius ist Patron der Korbmacher, derBürstenbinder, der Totengräber, der Schlachter, der Schweinehirten und der Haustiere. Der Heilige wird oft mit einem Schwein zu seinen Füßen dargestellt. Dieses soll zeigen, dass er die Sünde überwunden hatte. Wir in Westfalen nennen ihn darum den *Swinetünnes* und verehren ihn. Du kannst also stolz auf deinen Namen sein. Du bist nun sieben Jahre alt, deine Schwester kann dich ab nächsten Sonntag mit zur Kirche nehmen. Du gehst dann in den Kindergottesdienst, da hörst du noch mehr biblische Geschichten.“

Anton wollte es auch gern, und als sein Vater das erfuhr, war er begeistert, denn er beabsichtigte schon seit einiger Zeit, ihn dahin zu schicken. So wurde Anton ab Pfingsten 1894 regelmäßiger Besucher des Kindergottesdienstes der Pfarrgemeinde *Sankt Walburga* zu Meschede. Er ging gern dorthin und war durch seinen frommen Vater mit den Bibeltexten sehr vertraut. Sein Freund Kaputo, einige andere Kommunionskinder und er wurden zu einer eingeschworenen Clique. So manches Mal, wenn sie auf evangelische Jungen trafen, lieferten sie sich mit denen ein Wortgefecht. Sie wiesen mit ihren Fingern auf den Boden vor ihren Füßen und riefen lautstark:

„Hier begraben in dieser Butter liegt der dicke Martin Luther."

Prompt erhielten sie zur Antwort:

„Und ein bisschen tiefer rein liegt Papst Leo, das feiste Schwein!"

Es blieb aber bei Wortattacken. Gelegentlich bekamen Anton und seine Freunde auf dem Heimweg noch einen anderen Spruch nachgerufen:

„Die Enster Kanaken haben Läuse im Nacken, haben Pflaumen gegessen und in Kacke gesessen."

Darauf konnten sie nur 'Pfff' sagen und Grimassen schneiden, weil sie dazu keinen passenden Reim kannten.

***

Blick auf Meschede um 1900

Kommunionkinder

Im Gasthof wurde nicht nur gekocht, sondern auch gebuttert, Käse hergestellt, Brot und alle anderen Backwaren gebacken. Nur verarbeitete Zutaten wie Mehl, Zucker und Öl kauften sie ein. Deswegen stand Anton eines Tages in der Bäckerei neben seinem Freund Kaputo und hinter dem Sohn des Küsters. Der reichte nun einen Becher über die Theke und verlangte mit angespannter Hasenscharten-Oberlippe: „Für 10 Pfennig Hhhüböl." Der Bäcker verstand, was er meinte, nahm den Becher und füllte ihm aus einem Demijohn die entsprechende Menge Rüböl ab. Die beiden Jungs aber blickten sich ruckartig an, plinkerten vielsagend mit den Augen und von nun an hieß des Küsters Junge bei ihnen und ihren Freunden nur noch: *Für 10 Pfennig Hüböl*. Im Kindergottesdienst am nächsten Sonntag machte die Begebenheit ihre Runde. Die Kinder tuschelten hinter vorgehaltener Hand, sie feixten und wandten die Köpfe hin und her. Es fiel ihnen schwer zuzuhören, obwohl der Kollaborator doch gerade das Thema der Seligpreisungen nach Matthäus 5 besprach, und ihnen unwissentlich, aber passend zurief :

„Selig sind die Barmherzigen, denn sie werden Erbarmen finden."

Nun ja, die Kinder, die auf die Kommunion vorbereitet wurden, verwendeten den Spitznamen ja nicht bösartig, und waren nicht wirklich unbarmherzig, eigentlich akzeptierten sie des Küsters Sohn so, wie er war. Ein wenig Außenseiter blieb er dennoch, wegen der vermeintlichen Nähe zum Herrn Pfarrer, die sie ihm als Küsters Sohn zuschrieben.

Sie hatten schon von der Beichte gehört, die stand am nächsten Sonntag wieder an. Die Namensgebung *Hüböl* beichtete aber niemand. Vielleicht bewirkte gerade diese Unterlassung, dass Anton das Ereignis ein Leben lang im Gedächtnis behielt. Mit Beginn des nächsten Jahres – 1895 – begannen die Überlegungen für die Kommunionsfeier am weißen Sonntag. Immer häufiger wurde darüber gesprochen, wann der beste Zeitpunkt wäre, den weißen Anzug für das feierliche Ereignis in Auftrag zu geben. Lisette meinte:

„Bestellen wir ihn zu früh, dann wächst Anton vielleicht schon heraus, bevor er ihn überhaupt anzieht, warten wir zu lange, wird der Anzug womöglich gar nicht bis Ostern fertig, schließlich ist es Brauch, die weiße Kleidung von der Osternacht an für acht Tage bis zur Erstkommunion am ersten Sonntag nach Ostern zu tragen.“

Schlussendlich gingen sie in der ersten Fastenwoche mit Anton zum Schneider. Am ersten Sonntag nach Ostern 1895 legte Gottfried wieder eine zweite Sitzbank in den Leiterwagen, spannte die Pferde ein und fuhr mit Peitschenknall, *Hüh-Hoh*, und *Brrrr* lauthals vor die Wirtshaustür. Lisette und die drei Kinder – alle festlich gekleidet – stiegen zu und auf ging's Richtung Mesche-de. Auf der leicht abschüssigen Enster Stra-ße fielen die Rosse in einen Trab, und Gott-fried zog die Bremse an, die er erst bei der Antonius-Brücke wieder lockerte. Vor Sankt Walburga parkten schon einige andere Ge-spanne, die Glocken läuteten, und eine fröhliche Gemeinde hatte sich vor dem Kir-chenportal versammelt. Mit dem Einsetzen der Orgel, die als Eingangslied *Großer Gott, wir loben dich* spielte, schritten die Angehö-rigen würdevoll hinein, stippten ihre Finger ins Weihwasser, bekreuzigten sich, knieten nieder und verneigten sich in Richtung Ta-bernakel bevor sie ihre gewohnten Plätze einnahmen.

Vorn erklang ein Glöckchen. Alle erhoben sich. Der Priester, die Ministranten und die Erstkommunionkinder zogen in die Kirche ein. Hinter der Monstranz schwenkten die Messdiener diesmal die Weihwedel und die Rauchampeln besonders kräftig, wie Gott-fried feststellte. Die Orgel spielte, der Pfar-rer begrüßte die Gemeinde und machte das Kreuzzeichen. Mit dem Schuldbekenntnis, dem *Kyrie eleison, Christe eleison, Kyrie eleison*, mit Lobgesang und Gebet endete die Eröffnung.

Im Wortgottesdienst lasen die Lektoren aus Markus 16. Nach der ersten Lesung antwortete die Gemeinde mit *Dank sei Gott* und mit dem Antwortsalm 116,1-9. Die zweite Lesung war aus Markus 16. Vers 15 und 16. Nach dem Halleluja-Gesang, der Lesung aus dem Evangelium und einem erneuten Halleluja folgte die Predigt. Darin ging der Pfarrer kindgerecht auf die Vorbereitungen zur Kommunion ein, die in den vergangenen Wochen wichtig waren. Er zitierte einige Fragen, die die Kinder gestellt hatten. Wenn er auch nicht ausdrücklich Anton erwähnte, so erkannte Gottfried darin doch seinen Sohn wieder, denn zuhause hatten sie die gleichen Fragen besprochen. Das bewegte den Vater sehr, und auch Anton fühlte sich angesprochen. Nach dem Glaubensbekenntnis trugen die Kommunionkinder die Fürbitten vor, und die Gemeinde bekräftigte diese mit dem Ruf:

Wir bitten dich, Herr erhöre uns.

Zur Eucharistiefeier brachten Ministranten, die Kommunionkinder, Gottfried und weitere Väter Brot und Wein zum Altar. Mit dem Klingelbeutel wurde für die Arbeit in der Gemeinde gesammelt. Nach dem Hochgebet erhob sich die Gemeinde zu:

Der Herr sei mit Euch ... und sang das
Heilig, heilig, heilig.

Bei der Wandlung knieten alle. Nach:

Durch ihn und mit ihm, antworteten alle
Amen und sprachen stehend das *Vaterunser*. Bei der Brechung des Brotes beteten
alle das *Agnus Dei* (*Lamm Gottes*), knieten
bei der Einladung zur Kommunion nieder
und beteten das:

Herr, ich bin nicht würdig ….

Nun empfingen die Kinder ihre erste heilige Kommunion. Im Anschluss traten andere Gläubige zur Kommunion an den Altar.
Nach dem Empfang tat Gottfried – zurück
am Platz – ein stilles, persönliches Gebet:

„Herr, wenn Anton auch kein Fuhrmann
wird, so behüte ihn doch auf allen seinen
Wegen."

Nun gab der Pfarrer auch das Zeichen
zum gemeinsamen Schlussgebet. Den Ab-
schluss bildeten Danksagungen, Mitteilun-
gen und die Informationen, dass für die
Kommunionkinder aus Enste die Dankesves-
per am Abend in der dortigen Katharinenkapelle stattfinden werde. Die Ministranten
luden die Erstkommunionkinder dazu ein,
auch Ministrant zu werden, und das wollte
Anton sehr gern. Während dieser Verkündi-
gungen saß die Gemeinde. Zum Segen erhob sie sich nun, bekreuzigte sich und antwortete auf das:

Gehet hin in Frieden! mit: *Dank sei Gott, dem Herrn – Halleluja, Halleluja.*

Dann zogen Priester, Ministranten und die Erstkommunionkinder wieder Weihrauch schwenkend und singend aus der Kirche aus, während die Gemeinde bis zum Ende des Schlussliedes und des Orgelspiels noch sitzen blieb.

Draußen versammelten sich alle, gratulierten den Kommunionkindern und tauschten Informationen aus, bis Gottfried zum Fuhrwerk ging, noch ein Brett als Sitzbank einlegte und die Familie samt Taufpaten zum Aufsitzen aufforderte. Mit *Hüüü* und einem kurzen Auf und Ab der Leine begann die lustige Rückfahrt nach Enste.

Messdiener

Fast alle Enster Einwohner waren fromme Katholiken. Die Männer trafen sich einmal wöchentlich zu einer Bibelstunde, die Frauen im Frauenkreis. Mit dem Bildstock am Eingang des Weilers und mit ihrer Katharinenkapelle hatten sie auch zwei nahe Gebetsplätze. Gottfried jedenfalls kniete fast an jedem Morgen und Abend zu einem kurzen Gebet nieder, für Elisabeth musste meist ein kurzes andächtiges Verweilen vor dem Kruzifix im Schlafzimmer reichen, sie hatte einfach zu viel zu tun.

Nach der Kommunion ging Anton weiterhin fleißig in die Sonntagsschule und das bewirkte zweierlei. Erstens, der Pfarrer nahm ihn, seinen Freund Kaputo und noch einige seiner Freunde in den Kreis der Messdiener auf, und zweitens akzeptierte ihn sein Vater immer mehr als Gesprächspartner über Gott und die Welt. Anton wuchs mit den Anforderungen, die an ihn gestellt wurden, und verstand mehr und mehr den sittlichen Teil seiner Religion, trotz allem blieb er noch ein Kind, das Spielen und Freiräume haben wollte. Mit dem Pfarrer oder seinem Vater diskutierte er z. B. viel ernsthafter über die Beichte, als er es mit seinen Freunden tat. Häufig sprachen sich die Freunde darüber ab, wer was beichten würde. Es waren sowieso nur lässliche Sünden, die sie vorbringen konnten, und den Begriff der Erbsünde hatten sie noch nicht verinnerlicht. Jedenfalls waren sie eine fröhliche, unbekümmerte Schar, die fast immer tat, wie ihr geheißen wurde. So versahen sie Sonntag für Sonntag brav ihren Dienst als Ministranten. Der Zeitpunkt im Kirchenjahr bestimmte auch bei ihnen die Farbe des Messgewandes. Anfänglich übertrug der Pfarrer ihnen nur einfache Handreichungen. Zunächst außerhalb der Liturgie als Sternsinger und als Klapperjungen und Teilnehmern in den Gesprächskreisen der Ministranten. Später kamen weitere Aufgaben auf sie zu. In ihrer eng bemessenen Freizeit vergaßen sie schon mal die gebotene Gottesfurcht, wie bei jenem Ereignis, das sich wie folgt entwickelte.

Elisabeth beklagte eines Tages im Frühsommer:

„In meinem Garten wüten die Wühlmäuse so sehr, dagegen muss etwas unternommen werden."

Also ging Gottfried mit seinen Söhnen Franz und Anton in den Geräteschuppen, holte Karbid von einem Bord, drückte Anton einen Spaten in die Hand und hieß Franz mit einer Kanne Wasser holen. Draußen übernahm er den Spaten wieder, vergrößerte einige Wühlgänge, stopfte Karbid hinein und ließ Franz Wasser darauf gießen. Es dampfte mächtig. Er beendete die Aktion mit den Worten:

„So, das wird sie wohl vertreiben. Bringt Karbid und Spaten zurück. Wascht eure Hände und kommt zum Essen."

Bei Tisch betete er heute nicht nur:

„Komm Herr Jesu, sei unser Gast und segne was du uns bescheret hast", sondern er fügte noch hinzu:

„Herr schicke die störende Kreatur aus unserem Garten, und bewahre uns vor Hunger und Not. Amen."

Bei Anton blitzte ein anderer Gedanke auf, den behielt er aber hübsch für sich. Am nächsten Tag sprach er mit Otto:

„Wir haben doch neulich an der Ruhr eine Bisamratte gesehen. Die könnten wir auch vertreiben, so wie die Wühlmäuse bei meiner Mutter im Garten. Wenn wir ab der nächsten Woche Ferien haben, können wir uns dort an der Ruhr treffen. Ich bringe alles mit."

„Klar, das machen wir – gleich am ersten Ferientag nachmittags so um vier Uhr", war seine Antwort.

Am besagten Tag, nach dem Mittagessen und der Hilfe beim Abwasch verabschiedete sich Anton mit den Worten:

„Ich gehe heute an die Ruhr zum Angeln."

Im Schuppen schüttete er eine reichliche

Menge Karbid in einen leeren Zinkeimer, steckte den in einen Jutebeutel, nahm seine Weidenrute mit Bindfaden und einige Angelhaken und machte sich pfeifend auf den Weg. Sein Freund wartete schon am verabredeten Platz. Mit einem Stock werkelten sie einen Laufweg der Ratte frei, legten einige Klumpen Karbid hinein, deckten etwas Erde darüber und begannen, mit den Händen Wasser zu schöpfen. Durch eine unachtsame Bewegung stieß einer von ihnen den Eimer um, der sofort ins Wasser rollte. Leer konnten sie ihn zwar wieder herausangeln, aber das Unglück nahm seinen Lauf. Hier im ruhigen aufgestauten Wasser brodelte es jetzt, und wenig später trieben tote Fische auf der Wasseroberfläche. Betreten sahen sich die Freunde an, beide legten abwechselnd den rechten, dann den linken Zeigefinger an die Lippen, bevor sie gleichzeitig hervorstießen:

„Los, wir hauen ab."

Sie rafften ihre Sachen zusammen und rannten, aus der Ferne von einem Erwachsenen beobachtet, heimwärts. Zuhause druckste Anton herum, verbiss sich zwar jedes Wort, das half aber nichts. Der Vorfall machte seine Runde, und zwei Tage später erschien der Gewässerwart bei Antons Vater. Nach dem ernsten Gespräch knöpfte der sich seinen Jüngsten beim Abendessen vor:

„So, so du warst also vor zwei Tagen Angeln. Was da passiert ist, musste ich von
einem fremden Menschen erfahren, bestoh-
len und hintergangen hast du deinen Vater
auch. Du musst dich nun nicht mehr dafür
bei mir entschuldigen, du sprichst heute
Abend für uns alle das Abendgebet und be-
kennst deine Sünden vor uns und vor Gott,
und am Freitag weißt du, was du zu beichten hast."

Alle blickten, Aufklärung einfordernd auf
Vater und Sohn. Anton holte zunächst ein-
mal tief Luft und faltete die Hände vor dem
Bauch. Mit gesengtem Kopf sprudelten die
Worte dann heraus:

„Herr, mein Vater im Himmel, ich habe
gesündigt vor dir. In der Ruhr habe ich
Fische getötet und meinem Vater Karbid
geklaut. Bitte vergib mir meine Schuld.
Amen."

Gottfried gab ein kurzes Zeichen, dass
die Sache damit beendet sei. Alle setzten
sich. Es wurde Anton da noch nicht klar,
aber durch dieses eingeschobene *mein Vater im Himmel* löste er sich ein Stück weit
von seinem leiblichen Vater. Dadurch, dass
ihm dieser innere Wandel noch nicht be-
wusst war, konnte er tags darauf seinen Vater noch ernsthaft und unbefangen fragen,
wie das mit der Vergebung der Sünden
denn nun wirklich sei:

„Du Papa, vergibt mir Gott eigentlich? Er hat Adam und Eva doch auch nicht vergeben. Er hat sie aus dem Paradies vertrieben."

Gottfried stutze ob dieser Frage und rang erst einmal nach den richtigen Worten:

„Also weißt du, das war am Anfang, aber später hat er uns seinen Sohn geschickt, und wir glauben, dass der uns durch sein Leiden erlöst hat und uns unsere Sünden vergibt."

„Ja, aber er zürnt uns doch immer noch, nicht wahr.?"

„Ja, Kind, wir wissen nicht wie Gott aussieht, was er denkt, und seine Wege sind unergründlich. Das wirst du noch merken. Aber deine Fragen sind berechtigt. Die solltest du in der Kinderstunde noch einmal stellen."

Anton tat das. Der Vikar gab die Frage gleich an die Gruppe weiter. Einige Kinder meinten:

„Ja, er vergibt uns", andere: „Nur, wenn wir bereuen und auch anderen vergeben", und einer sagte: „So wir Böses tun, straft er bis ins vierte Glied."

„Sehr gut, und alles richtig." ergänzte der Vikar. Wir wissen eben nicht, wie Gott ist, und darum kommt es darauf an, was wir glauben."

„Aber was sollen wir glauben?", schnellte

Anton heraus.

„Mit deiner Sünde und mit der Frage gehst du am besten in die Beichte, wir wollen jetzt erst einmal ein Loblied singen."

„Nun danket alle Gott mit Herzen, Mund und Händen."

Am Freitag kniete Anton vor dem Beichtstuhl und bereute ehrlich, er hatte seinem Vater ja auch versprochen, dass er beichten und Buße tun werde. Mit sich war er heute völlig im Reinen, weil er diesmal von Herzen beichten konnte und es nicht nur pflichtgemäß tat. Der Pfarrer spürte das und übertrug ihm später mehr liturgische Aufgaben. Vorerst teilte er ihn und seine Freunde zum Läuten der Glocke für eine anstehende Beerdigung ein und entließ ihn mit den Wor--ten:

„Der Herr vergibt dir deine Sünden und führt dich auf deinen Wegen. Amen."

Am Tag der Beerdigung versammelten sich die Knaben in der Glockenstube der Sankt-Walburga-Kirche. Nachdem die Turmuhr geschlagen hatte, sollten sie mit dem Sterbegeläut beginnen. Angespannt warteten sie auf die Schläge der Uhr. Die Lippen zusammenpressend, verlagerte ein Junge sein Gewicht ständig von einem Bein auf das andere und platzte plötzlich heraus:

„Verdammt, ich muss kacken."

Ratlos blicken sie von einem zum andern, bis einer schrie:

„Dann kack' halt in die Ecke, wir brauchen dich zum Glockenläuten."

Gesagt, getan, gesehen; denn just in diesem Augenblick erschien der Kopf von *Für zehn Pfennig Rüböl* auf der Stiege zur Glockenstube und verschwand gleich wieder. Sie ahnten, was kommen würde. Es war wohl doch noch Zeit übrig, denn sie sahen ihn unten auf den Pfarrer zulaufen. Sie hörten es nicht, erfuhren aber später seine Einlassung gegenüber dem zweifelnden Pfarrer:

„Dddoch. Dddoch. Er dddampft ja noch!"

Der Pfarrer wollte gar nichts weiteres wissen. Den Betroffenen sagte er später:

„Ihr putzt die Glockenstube blitzblank. Jeder schreibt in Schönschrift dreimal das Vaterunser nieder."

Danach entließ er sie mit den Worten aus Sirach 41,19:

„Man schämt sich oft, wo man sich nicht zu schämen brauchte, und billigt oft, was man nicht billigen sollte."

***

Ein großes Fest

Oben in Enste hatten sie andere Sorgen. Am Sonntag, den 2. September des Jahres 1895, wollten sie aufwändig den Sieg bei Sedan nachfeiern.

Anfänglich tat sich Gottfried damit schwer:

„Sollen wir jetzt wirklich Preußens Gloria feiern? Vor 25 Jahren gab es nicht nur den Sieg bei Sedan; ein Jahr später wurde auch der *Kanzlerparagraph* verabschiedet, der die freie Predigt unterband. Priestern und Religionslehrern wurden bis zu zwei Jahre Festungshaft angedroht, wenn sie in gefährdender Weise Angelegenheiten des Staates kommentierten", gab er zu bedenken. Doch die Wirtin hielt dagegen:

„Ach Gottfried. Lass es sein, wie es war. Der *Kulturkampf* ist jetzt doch beendet. Das erste Milderungsgesetz ist nun schon zehn Jahre alt, und 1882/83 kamen das zweite und das dritte Milderungsgesetz. Die Priester können seither doch wieder frei schalten und walten."

„Aber der Jesuitenorden ist immer noch verboten."

„Nun ja, Bismarck kann wohl nicht über seinen Schatten springen. Doch hier fiebern schon alle dem Ereignis entgegen und sind bemüht, alles Nötige herbeizuschaffen. Es wird ein schönes Fest und ein großes

Geschäft."

Am 31. August spannte Gottfried die beiden Braunen vor den Leiterwagen und machte sich gleich morgens auf den Weg durch den Wald nach Warstein. Bei der Katharinenkapelle stoppte er, zog die Bremse an und legte die Leine auf den Kutschbock. Wie immer, wenn er hier vorbeikam, kniete er in der Kapelle nieder und bat um Gottes Segen.

Danach setzte er seine Fahrt fort, um die vor Wochen vorbestellten sechs Fässer Bier in der dortigen Brauerei abzuholen. Vorher lieferte er in Hirschberg beim Köhler Holz ab und nahm drei Säcke voll Holzkohle sowie zehn Glühstoff-Briketts für seine Frau mit. Lisette benutzt die nämlich zum Bügeln und Glätten der Tischwäsche und gelegentlich zum Warmhalten der Plätteisen. Auch die Holzkohle brauchten sie nicht nur für die Feier.

Bei der Brauerei setzte Gottfried sein Fuhrwerk rückwärts gegen die Rampe, rollte und kippte die Fässer neben- und übereinander, nahm auch zwei Zapfhähne und einen Schlägel mit, gönnte sich eine Vesper und einen halben Liter Bier, bevor er sich, die Peitsche knallend, froh gestimmt auf den Heimweg machte. Wieder zuhause besprachen sie beim Essen, was sonst noch alles für die bevorstehende, große Feier nötig war:

„Für die vielen Leute haben wir nicht genug Tische und Stühle", war Lisettes größtes Problem.

„Der Schreiner überlässt uns Böcke und Bretter. Außerdem musst Du morgen noch ein Fass saure Gurken aus Meschede heraufholen."

„Ist kein Problem, ich muss morgen sowieso Stämme ins Sägewerk nach Freienohl fahren. Die Sachen hole ich nachmittags ab. Aber was ist mit Kuchen und Brot?"

„Der Bäcker Kaputo eröffnet ganz früh am 2. September einen Stand mit Streuselkuchen und Brot. Der Schlachter bietet Spanferkel am Spieß an, und wir offerieren Suppe, Gemüsegerichte und Gulasch. Neben den Musikzügen, die aus Meschede heraufkommen, habe ich noch einen Moritatensänger mit Drehorgel sowie ein Kinderkarussell engagiert."

„Na, gut, dann kann der große Staatsfeiertag ja kommen."

Als Gottfried, seine Söhne Franz und Anton, sowie der Knecht August am Mittwochmorgen noch mit dem Aufbau der Tische und Bänke beschäftigt waren, hörten sie in der Ferne schon die Trommler und Pfeifer des Mescheder Schützenvereins. Sie brachten die letzten Sitzgelegenheiten an die dafür vorgesehenen Plätze und liefen an die

Kreuzung von Enster Weg und Enster Straße. Beim Bildstock am Wegrand blieben sie stehen und sahen dem Festzug entgegen. Es war ein prächtiges Bild. Klein wie Zinnsoldaten näherten sich die Schützengilde, der Veteranen- und der Gesangverein sowie die freiwillige Feuerwehr, begleitet von fröhlichem Volk, dem Weiler Enste.

Da sie ihre Arbeit getan hatten und erst später wieder arbeiten mussten, ließen sie sich genüsslich in die Rolle des Zuschauers fallen, verschränkten die Arme vor der Brust, wippten im Takt des Marsches und pressten die Luft durch ihre Lippen, stimmhaft die Musik begleitend. Als der Zug die Weggabelung am Anfang von Enste erreicht hatte, verharrten sie noch, bis der Hauptmann, der Dirigent, die Fahnenträger und die Musiker der Schützengilde vorbeigezogen waren. Den darauf folgenden Veteranen nickten sie grüßend zu und reihten sich ihnen ein. Der Zug bog nicht gleich auf den vorbereiteten Festplatz beim Gasthof ein, sondern zog weiter durch den kleinen Ort bis zur Katharinenkapelle, drehte eine Ehrenrunde und wurde dort mit den Befehl des Hauptmannes

„Kompanie halt!" gestoppt.

Obwohl nicht direkt angesprochen, folgten alle anderen Teilnehmer, und es trat eine gewisse Ruhe ein. Der Männergesangverein rückte vor. Auf ein Zeichen des Tambourmajors erschallte ein Fanfarenstoß. Dann kamen die Kommandos

Kompanie – stillgestanden!
Augen – gerade aus!
Helm ab zum Gebet!

Es folgte eine Schweigeminute. Darauf trat der Trompeter aus dem Glied und setzte die Trompete an die Lippen. Jetzt vernahm man nicht einmal mehr ein Scharren oder Räuspern. Als er das Stück *Ich hatt' einen Kameraden* blies, wurden die Augen der Veteranen feucht. Äußerlich bewahrten sie Haltung, aber in Gedanken sahen sie sich wieder im Kugelhagel und im Gemetzel von Sedan. Nur ein stilles Dankgebet dafür, dass sie dieser Hölle des Schlachtfeldes entkommen waren, brachte sie in die friedliche Wirklichkeit zurück. Wie aus dem fernen Frankreich herüber hallend, hörten sie nach dem Ausklingen der Trompete das Komando:

Kompanie – präsentiert das Gewehr!
Das Gewehr über!
Kompanie – zum Festplatz – im Gleichschritt Marsch!

Auf ein Zeichen des Tambourmajors mit dem Küs spielten die Musiker den Marsch *Alte Kameraden*. Beim Text der ersten Strophe erfasste sie alte Kameradenherrlichkeit.

*Alte Kameraden auf dem Marsch
durch's Land
Schließen Freundschaft felsenfest und
treu.
Ob in Not oder in Gefahr,
Stets zusammen halten sie auf 's neu.*

Mit der zweiten Strophe blitzte gedanklich Kampfeslärm und Kugelhagel erneut auf.
*Zur Attacke geht es Schlag auf Schlag,
Ruhm und Ehr' soll bringen uns der Sieg,
Los, Kameraden, frisch wird geladen,
Das ist unsere Marschmusik.*

Doch mit der dritten Strophe obsiegten Dankbarkeit und Lebensmut.
*Im Manöver zog das ganze Regiment
ins Quartier zum nächsten Dorf, potz
Element,
Und beim Wirte das Geflirte
Mit den Mädels und des Wirtes
Töchterlein.
Tralala ...*

Mit den letzten Takten des Marsches erreichte der Zug den Festplatz. Die Veteranen nahmen die Ehrenplätze nahe der Bühne ein, die andern Vereine ihre reservierten Plätze. Das übrige Volk wirkte zunächst noch wie eine aufgeregte Hühnerschar, aber bald hatte jeder seinen Platz, und während die ersten Getränke bestellt oder geholt wurden, begann der Schulte mit seiner Festrede:

„Sehr verehrter Herr Stadtvorsteher, sehr verehrter Herr Pfarrer, sehr geehrte Veteranen, geehrte Festteilnehmer, heute vor 25 Jahren gelang es den vereinten Deutschen Armeen unter Generalstabschef von Moltke unseren Erzfeind *Napoleon III.* gefangen zunehmen, nachdem deutsche Truppen das französische Heer bei Sedan eingekesselt hatten. Ja, beteiligt waren nicht nur tapfere preußische Soldaten, sondern auch solche aus Bayern, Baden, Württemberg und Sachsen. So feiern wir heute nicht nur einen preußischen Sieg, sondern wir sehen diesen glorreichen Tag als einen nationalen Feiertag des Deutschen Reiches an. Zu Ehren unseres geliebten Kaisers singt der Männerchor begleitet vom Musikkorps der Schützengilde zunächst die Hymne

Heil dir im Siegerkranz
und danach
Die Wacht am Rhein.
Herr Kapellmeister bitte."

Kaum angestimmt, sangen die Festgäste zumindest die erste Strophe mit:

Heil dir im Siegerkranz,
Herrscher des Vaterlands!
Heil, Kaiser, dir!
|: Fühl' in des Thrones Glanz

63

die hohe Wonne ganz,
Liebling des Volks zu sein!
Heil, Kaiser, dir! :|

Wie angekündigt, folgte dann:
Die Wacht am Rhein.

Es braust ein Ruf wie Donnerhall,
Wie Schwertgeklirr und Wogenprall:
Zum Rhein, zum Rhein, zum deut-
schen Rhein!
Wer will des Stromes Hüter sein?

Den Refrain sangen wieder alle mit:
Lieb' Vaterland, magst ruhig sein,
Fest steht und treu die Wacht, die
Wacht am Rhein!

Das wiederholte sich bei allen sechs Strophen. Ja, eine Schar junger Männer verlän-
gerte – freilich ohne Musikbegleitung – mit
der inoffiziellen 7. Strophe. Darauf setzte
der Moritatensänger ein. Umrundete die
Hitzköpfe, würdigte mit seiner ersten Strophe noch einmal die siegreichen Helden, um
schließlich das gesellige Soldatentum im
Allgemeinen zu verherrlichen, bis er am
Ende die Freuden von Essen und Trinken
lobte.

Veteranen von 1870/71

Da ertönte – wie auf Kommando – ein Gong, der anzeigte, dass nun das warme Mittagessen fertig war. Die Musik pausierte, und es begann das Rennen zum Spanferkel, zur Gulaschsuppe und zu den Beilagen. Nur die Honoratioren ließen sich bedienen. Ruhe kehrte ein, bis die Kinder als erste fertig waren und nach Abwechselung verlangten. Die fanden sie beim Wettlaufen auf der markierten 100m-Strecke, beim Dosenwerfen, beim Tauziehen, beim Schlagball und beim Abwerfen. Hier hatten sich zwei Mannschaften gebildet. In einer waren Anton, Otto und deren Freunde, in der anderen Kinder aus Meschede, die selten hierher kamen. Otto rief ihnen zu:

„Ihr seid die *Franzosen*, wer vom Ball getroffen wird, ist raus."

Er warf den Ball, traf aber kein Kind. Zwei der *Franzosen* griffen fast gleichzeitig zu dem Stoffball, der zu ihren Füßen auf der Erde lag. Alle stoben davon. Es begann ein wildes Hin und Her ums Haus, bis der Ball sein Ziel verfehlte und in einen Busch kullerte. Wütend ob seines Fehlwurfs griff Anton, der gerade neben dem offenen Küchenfenster stand, in den dort abgestellten schwarz-weiß-roten Nationalpudding und warf die Ladung einem *Franzosen* in den Nacken. Otto tat es ihm instinktiv nach. Auch ein *Franzose* sprang hinzu und wehrte sich mit gegnerischer Munition. Es gab kein Halten mehr. Anton klemmte sich die Schüssel mit dem mühsam hergestellten Pudding unter den Arm und lief davon. Die Kinderschar folgte ihm wie eine Meute wilder Hunde dem Hasen. Aus der Küche hörte man nur einen Aufschrei und:

„Nein, nein hier geblieben!‟

Das half aber nicht, zumal nun einige Erwachsene *bravo* riefen und:

„Gebt es den *Franzosen* tüchtig!‟

Wie auf ein Zeichen spielte die Kapelle jetzt *Auf in den Kampf Torero.* Wenig später lag Anton auf der Erde. Die Puddingschüssel war leer. Der Nationalpudding klebte in Haaren, auf Armen, in Gesichtern und auf der Kleidung. Ratlos ob der ausgegangenen Munition, standen die Kämpfer plötzlich passiv herum, bis ihnen jemand zurief:

„Nun ist aber Schluss, wascht euch, geht zu euren Eltern!‟

Das Erstere taten sie denn auch, reinigten sich an der gefüllten Viehtränke und flüsterten sich zu:

„Wir gehen zu dem Moritatensänger.‟

Friedlich vereint umlagerten sie ihn. Erfreut über die erneute Aufmerksamkeit hob der seinen Zeigestock, wies auf das Bild mit dem Schlachtgetümmel, drehte die Kurbel seines Leierkastens und sang:

„Unser Anton hat den Pudding
und den wirft er mit Geschick
seinen Feinden ins Gesicht,
doch von Pudding stirbt man nicht.

Und ihr Leute höret noch:
Ja, der Pudding ist verschwunden
und die Feinde sind geschunden,
doch die Helden leben hoch."

In der Tür stand Lisette mit drohend er-
hobenem Kochlöffel. Mit dem Beifall, der
den Ausklang der Moritat begleitete, ließ sie
den Arm aber sinken und wandte sich demonstrativ wieder ihrer Arbeit zu.

Es mag seltsam erscheinen, aber obwohl
er straffrei ausging, bewirkte es, dass Anton
ernsthafter wurde, was sich zwar erst nach
und nach bemerkbar machte.
Der Pfarrer merkte es, als Anton ihn im
noch kindlichen Glauben fragte:

„Herr Pfarrer, wenn eine Frau hier auf Erden ein zweites Mal verheiratet ist, hat sie
dann im Himmel zwei Männer, und welcher
ist dort ihr richtiger?"

Der Pfarrer antwortete ihm:

„Ja, Anton, das ist eine kluge Frage, aber
die himmlische Ordnung kennen wir nicht."

Das reichte dem wissbegierigen Anton
allerdings nicht, er hakte nach:

„Aber Jesus sitzt doch zur Rechten

Gottes, und wo und wie sitzen dann die anderen?"

Leicht mahnend erinnerte ihn der Geistliche:

„Anton, du kennst doch das Buch Mose, und du weißt, was Gott uns geboten hat:

„Du sollst dir kein Bildnis noch ein Gleichnis machen von dem, was oben im Himmel ist."

Dann sprach er noch eine ganze Weile darüber, dass einfache Menschen, aber auch Künstler sich zwar viele Bilder von Gott, vom Himmel und von biblischen Ereignissen machten, aber dass das alles rein menschliche Werke seien, am Ende gelte nur Gottes Wort an Mose. Anton hörte seinen Pfarrer wie von ferne. Bilder von Himmel und Hölle fegten durch seinen Kopf, bis sich nach und nach bei ihm die Einsicht verfestigte:

„Ja, man braucht kein Bild, wie soll man auch wissen, was richtig und was falsch ist."

***

Der Anlass des Festes war vor dem Essen ausreichend gewürdigt worden, so kam jetzt eine deutlich entspanntere Stimmung auf. Die Kapelle spielte leichtere Märsche wie:

Ein Jäger aus Kurpfalz
Westfalen Marsch
Glückauf-Marsch

Preußischer Präsentiermarsch sogar den ziemlich neuen *Fehrbelliner Reitermarsch* und *Fridericus rex.*

Gelegentlich wurde zudem ein Ländler oder eine Polka eingeschoben. Auch Lisettes Obstler und ihre leckeren Liköre trugen zur guten Stimmung bei. Schon bald gelüstete es einigen Damen nach Zichorienkaffee und Plattenkuchen von Bäcker Kaputo, einige Herren begnügten sich mit Rosinenstuten aus der Gasthausküche oder gönnten sich ein Pfeifchen, eine Zigarre oder einen Zigarillo vom Stand des Tabakwarenhändlers Gerstel. Auf dass die Kehle nicht trocken werde, wurde immer wieder Bier vom Fass gezapft. Gottfried machte heute das Geschäft seines Lebens. Julchen – inzwischen fast zwölf Jahre alt und schon ein wenig jungmädchenhaft – hatte einen eigenen Bereich als Jungkellnerin, und Anton half ihr nun beim Abräumen.

Kurz vor 18:00 Uhr spielte die Kapelle einen Rausschmeißer. An dessen Schluss gab der Dirigent seinen Musikern einen Wink zum Pausieren und trat zur Seite. Das war das Zeichen für den Hauptmann der Schützengilde. Majestätisch schritt er vor die reservierten Plätze seiner Gilde, nahm eine straffe Haltung an und brüllte:

Alles hört auf mein Kommando!
In Formation angetreten!

Seine Leute waren darauf natürlich vorbereitet und bauten sich wieder so, wie sie gekommen waren, hinter dem Tambourmajor auf. Auch die Veteranen, der Gesangverein und die freiwillige Feuerwehr, selbst die Zivilisten, Frauen und Kinder schlossen sich an. Es folgten die Befehle:

Kompanie – stillgestanden!
Augen – geradeaus!
Präsentiert – das Gewehr!
Das Gewehr – über! und
Linksschwenk – Marsch!

Er schritt voran, gefolgt vom Tambourmajor. Der gab das Zeichen für das nächste Musikstück. Unter den Klängen von

Muss i denn, muss i denn zum Städtelein hinaus, Städtelein hinaus …

rückten sie gemeinsam ab. Die 70 Einwohner von Enste winkten und sahen ihnen noch lange nach. Als der Zug nahe dem Kloster Galiläa aus ihrer Sicht verschwand, hatte der kleine Ort und der Alltag sie wieder für sich. Hätte Kaiser Wilhelm II. den Tag miterlebt, er wäre zufrieden gewesen; und wenn es die Staatsraison zugelassen hätte, er hätte Anton gern einen Orden verliehen, darüber war sich Familie Kampe einig.

Für Gottfried war der Tag aber noch nicht zu Ende. Er hatte vorsorglich seinen Leiterwagen links und rechts mit einem dicken

Brett versehen und zwischenzeitlich die beiden Braunen eingespannt. Er ließ die Veteranen einsteigen und fuhr über die Enster
Straße ins Tal, während sich der Zug über
den Enster Weg in Richtung Kloster Galiläa
bewegte.

✳✳✳

Wieder Alltag

Der Tag darauf begann natürlich mit Aufräumen. Geschirr und Bestecke lagen schon wieder blitzblank geputzt an ihren Plätzen. Das hatten Lisette und Hilde noch am gestrigen Abend bewältigt, als Gottfried die Veteranen nach Hause fuhr. Jetzt mussten noch die Leihbänke und -tische aufgeladen werden, zusammen mit den Ständen von Bäcker und Schlachter. Bühne und Rednerpult wanderten wieder in die *Requisitenkammer;* heißt, sie wurden auf dem Dachboden verstaut. Alles passierte noch vor dem Frühstück. Als sie sich endlich an den Tisch setzten, hatten sie – wie immer – auch das Vieh gefüttert. Zwei Gäste saßen heute neben den Frauen und Kindern mit am Tisch, nämlich der Leierkastenmann und der Betreiber des Kinderkarussells. Der hatte seinen Esel auch schon mit Futter und Wasser versorgt, sein Karussell zerlegt und auf dem Eselskarren verladen. Er wollte gleich in Richtung Glassmecke abrücken, um durch den Wald nach Warstein zu ziehen. Auf dem Gelände der Brauerei wollte er einen Zwischenhalt einlegen, um zu erkunden, ob das für ein paar Tage ein lukrativer Standort wäre oder ob er besser gleich in den Ort ziehen sollte. So kreiste das Gespräch noch eine Zeit um schlechte und gu-

te Standorte, um Aufträge und um Arbeitsbedingungen, bis Gottfried sich räusperte
und sagte:

„Übrigens möchte ich Julchen ausdrücklich für ihren gestrigen Einsatz loben.
Julchen, du hast wirklich gut und schnell
gekellnert. Danke dafür."

Das war für Julchen die Gelegenheit,
einen Wunsch loszuwerden, den sie seit
einiger Zeit mit sich herumtrug, so antwortete sie:

„Ja, danke Papa, und ich wünsche mir,
dass ab jetzt keiner mehr Julchen zu mir
sagt, ich möchte, dass mich alle Leute nur
noch Juliane nennen, schließlich bin ich in
ein paar Monaten schon zwölf Jahre alt."

Ihr Vater – davon ein wenig überrascht –
entgegnete:

„Ach Julchen, wenn du es so gerne willst,
dann werden wir uns wohl daran gewöhnen,
aber vielleicht rutscht uns gelegentlich noch
ein *Julchen* heraus, das macht wohl nichts."

Ihre Mutter strich ihr über das Haar und
bekräftigte die Zusage des Vaters:

„Ja meine Große, ab jetzt bist du unsere
liebe *Juliane.*"

Alle nickten zustimmend und gingen an ihre
Arbeit.

✳✳✳

Anton zeigte sich nicht nur in der Sonntagsschule, sondern auch zuhause wissbe-

gieriger. Gern hörte er, was die Gäste so erzählten. Er konnte sich natürlich nicht zu ihnen setzen und womöglich mitreden; aber bereitwillig half er seiner Mutter beim Abräumen, Spülen, Abtrocknen und beim Wegstellen des Geschirrs. So schnappte er doch die eine oder die andere Information auf, z. B., ob die Buchweizenernte gut war, wie viel ein Pfund davon auf dem Markt brachte, wie teuer Rüben, Kartoffeln und verschiedene Gemüse waren und vieles mehr. Zwar konnte Anton die Preise noch nicht einschätzen, doch am Tonfall des Erzählten erkannte er, ob es sich um einen hohen oder niedrigen Preis handelte. Die Gäste unterhielten sich auch über schwere und leichte Arbeiten. Dann drängte Anton seinen Vater, ihn auch einmal mitzunehmen. Der war darauf aber nicht erpicht. Deshalb hatte Gottfried meist eine Ausrede parat und antwortete z. B.:

„Anton, du bist doch vormittags in der Schule, wenn du zurück bist, bin ich auch weg und komme erst abends heim."

„Aber in den Ferien kannst du mich doch mitnehmen", befand Anton.

„Wenn es in den Arbeitsablauf passt, z. B., wenn wir Holzkohle fahren, kannst du mitkommen", stimmte Gottfried halbherzig zu.

Im Jahre 1880 hatte der Köhler Theodor

Leiße ein Unternehmen auf Meilerbasis im nahen Hirschberg gegründet und hauptsächlich die Warsteiner Eisenhütte beliefert. Die Steinkohle mit ihrem höheren Brennwert verdrängte jedoch auch dort die Holzkohle mehr und mehr. 1882 baute er deshalb in Meschede einen Betrieb zur weiteren Verarbeitung von Holzkohle zu Holzkohlengruß, -staub und -brikett auf. Der Meiler wurde jedoch trotz zunehmender Steinkohlekonkurrenz und Preisverfall bis 1925 weiterhin betrieben.

Im Gasthof in Enste waren immer wieder Köhler aus Hirschberg zu Gast, denn 80 der 180 Beschäftigten von Theodor Leiße kamen aus Hirschberg. Sie arbeiteten – wie damals üblich – an sechs Tagen der Woche zehn Stunden pro Tag. Deshalb konnten sie nur am Samstag den 13 km langen Fußweg von Meschede über Enste nach Hirschberg antreten. Das war nach dem langen Arbeitstag Anstrengung genug. Ältere hatten noch ihre Halbhufnerstelle oben in Hirschberg, die zum Lebensunterhalt beitrug. Sie betrieben einen bäuerlichen Nebenerwerb. Vollbauer war, wer – je nach Familiengröße – ein Ackerlos von 20, 30 oder 40 Morgen bewirtschaftete.

Durch die Inbetriebnahme der Mescheder Eisenbahn im Jahre 1870 waren dort die Grundstückspreise entsprechend hoch. So wohnten sie vorerst als Wanderarbeiter an ihrem neuen Arbeitsort in engen Sammelunterkünften. Für Jüngere, denen ohnehin der Schritt aus dem Elternhaus bevorstand, war die Verlagerung jedoch eine echte Chance. Mit Fleiß, Anstrengung und Geduld konnten sie in dem aufstrebenden Ort ein Grundstück erwerben oder in Erbpacht übernehmen und ein eigenes Haus bauen.

Anton verfolgte Gespräche mit solchen Inhalten sehr interessiert. Er ahnte, dass er vielleicht auch irgendwann sein Elternhaus verlassen würde, aber noch war das alles viel zu weit weg. Noch betraf ihn das nicht, er hatte seine Nachbarschaft, seine Freunde bei den Messdienern, zuhause war er voll eingebunden und gut versorgt.

Schnell verging wieder ein Jahr wie gewohnt mit allen Kirchen- und Familienfesten. Neben der Schule und den häuslichen Pflichten besuchte Anton von Zeit zu Zeit den Oberförster Jörgen, der inzwischen pensioniert war. Seit der Hund des Försters ihn vor Jahren im Wald aufgestöbert und mit der feuchten Schnauze ans Ohr gestupst hatte, empfand Anton eine freundschaftliche Zuneigung zu dessen Herrchen. Anton sorgte sich nach jedem Besuch, denn der Alte kränkelte, hustete und schwächelte immer mehr. An einem Sonntag sagte der Pfarrer zu Anton:

„Mein Sohn, heute haben wir einen schweren Gang vor uns. Nimm dein grünes Messgewand und die Weihrauchampel mit nach Hause, ich komme später zu euch nach Enste; der alte Oberförster erwartet die letzte Ölung."

Vor dem Mittagessen sprach Gottfried wie immer ein Tischgebet. Anton schien es, als murmele er mehr als er betete:

„Du Geber aller guten Gaben, dich preisen wir für alle deine Wohltaten und bitten dich, erhalte uns durch deine Güte, dass wir allezeit vertrauen und deinen Namen bekennen."

Anton konnte sich eines Gedanken nicht erwehren:

Aber den Oberförster erhält er wohl nicht mehr lange. Darauf hörte er in seinen Gedanken wie von ferne die Stimme des Pfarrers: *Aber Anton, du weißt doch, Gott erhält uns auch über den Tod hinaus.*

Beim Essen wirkte Anton unruhig und wie abwesend. Das änderte sich erst später, als der Pfarrer mit einem *Gott zum Gruße* eintrat und fragte:

„Anton, bist du bereit?"

Der antwortete: „Ja, Herr Pfarrer", warf sich in sein Messgewand, nahm die Weihrauchampel von der Garderobe und folgte dem Geistlichen nach draußen.

Hand in Hand strebten sie der Försterei zu.

Dort wurden sie schon mit einem *Grüß Gott* erwartet. Der Pfarrer antwortete:

„Der Herr behüte euch und sei euch gnädig."

Über die Stiege kamen sie in das Sterbezimmer im Dachgeschoss. Das Krankenbett war so aufgestellt, dass der todkranke Oberförster durchs Fenster in die große Buche hineinschauen konnte. Jetzt aber lag er nur noch schwach atmend mit geschlossenen Augen und offenem Mund reglos und von Kissen gestützt in seinem Bett. Anton ging für einen Augenblick ans Fußende des Bettes vor das Fenster und schwenkte die Weihrauchampel, währen der Geistliche an den Schlafenden herantrat, sich bekreuzigte, ihm dann die Hand auf die Stirn legte, sich zu ihm beugte und leise zu ihm sprach:

„Höre mein Bruder, selig sind, die reinen Herzens sind, denn ihrer ist das Himmelreich, so du dein Herz noch ausschütten willst, von dem, was dich bedrückt, so wird der Herr dir gnädig sein. Lasset uns still beten."

Nur ein Seufzer und das leichte Zucken eines Augenliedes ließen erkennen, dass die Worte den Alten erreicht hatten. Anton trat nun in die Tiefe des Raumes zurück, wo sich der Weihrauchduft mehr und mehr ausbreitete. Inzwischen waren alle Familienmitglieder und die Bediensteten leise in den Raum gekommen. Alle falteten die Hände. Antons Weihrauchampel hing nun ruhig vor seinen Knien und er sprach in Gedanken:

"Unseren Eingang segne Gott,
unseren Ausgang gleichermaßen.
Segne unser täglich Brot,
segne unser Tun und Lassen,
segne uns mit sel'gem Sterben
und mach uns zu Himmelserben."

Anschließend kreisten seine Gedanken um die Worte des Geistlichen:

Wenn du dein Herz noch ausschütten möchtest. Anton konnte sich gar nicht vorstellen, was sein väterlicher Freund, der alte Oberförster Jörgen, noch zu beichten hätte, aber er wusste auch, dass der Pfarrer das sagen musste, denn keiner kann einem anderen in das Herz schauen.

Noch ganz mit seinen Gedanken ringend, bemerkte er ein Zeichen des Geistlichen, langte unter sein Messgewand und reichte dem Priester das geweihte Öl. Der strich nun mit dem Chrisma kreuzweise über Augen, Ohren, Nase, Mund und Hände und sprach die Fürbitte:

"Der Herr vergebe dir deine lässlichen Sünden, er sei dir gnädig. Die Güte unseres Herrn ist unermesslich. Amen."

Er begann zunächst leise, dann stärker werdend, Gott singend zu loben, und schloss nach geraumer Zeit mit einem gesungenen, dreifachen

„Halleluja, Halleluja, Halle–luja,"
in das die Anwesenden einstimmten.

Danach wandte er sich um, so dass er den Sterbenden und die Trauernden vor sich hatte und sprach:

„Noch vor einer Woche hast du mit uns das Abendmahl empfangen, nun beten wir für das Heil deiner Seele. Unsere Wege auf Erden sind endlich, wir überlassen hier jetzt einen frommen Menschen der Gnade Gottes, unseres Herrn, gehet hin in Frieden. Amen."

Er gab Anton ein kurzes Zeichen. Der bekreuzigte und verneigte sich mit gefalteten Händen vor seinem todkranken Freund, ehe er hinter dem Geistlichen allen anderen voranschreitend, den Raum verließ. Tags darauf erfuhr er, dass der Oberförster noch am Vorabend friedlich entschlafen war, und am folgenden Sonntag trugen sie ihn unten in Meschede feierlich zu Grabe.

* * *

Gottfried, obwohl Gottgläubiger und Frömmler zugleich, entschied, dass sein Sohn jetzt Ablenkung durch mehr praktische Arbeiten benötigte. Also nahm er ihn am nächsten Sonntag nach dem Kirchgang mit in den Garten, wo ein dicker Baumstamm lag und erklärte seinem Jüngsten:

„Du weißt ja, wie wir Brennholz machen, aber nun sollst auch du es lernen und uns künftig dabei helfen. Sieh, dieser Baumstamm ist zu unregelmäßig gewachsen und zum Teil rissig. Den konnte ich nicht ins Sägewerk fahren, und ich will ihn schon seit einiger Zeit zu Brennholz zerkleinern. Wir holen jetzt die große zweihändige Waldsäge aus dem Stall und machen uns gemeinsam an die Arbeit."

Zunächst legten sie drei dicke Äste unter den Stamm, dann die Säge mittig darauf und knieten sich davor.

„Ich erkläre dir nun das Werkzeug und unsere Arbeitsweise. Die Waldsäge ist aus Stahl, sie ist bauchig, die Enden sind rohrartig gekrümmt; darin steckt jeweils ein Holzgriff. Die Zähne sind geschränkt, das heißt, die Zähne sind abwechselnd nach rechts und nach links gebogen und mit der Feile geschärft. Durch dieses Schränken wird die Ritze, die wir in das Holz sägen, etwas breiter, als das Sägeblatt, und es verklemmt nicht so leicht. Trotzdem vergrößern wir den Einschnitt noch mehr, indem wir das Blatt bei jedem Zug abwechselnd etwas nach rechts und links neigen. Umfasse deinen Griff mit beiden Händen. Jetzt geht's los!"

Bei jedem Zug des Vaters schnellte der

Oberkörper des Jungen nach vorn. Im Gegenzug beugte sich das Kind zurück und zog die Arme fest an den Körper.

Beide mühten sich redlich, aber ihre Kräfte waren zu unterschiedlich, als dass es rund laufen könnte; deshalb entschied Gottfried:

„Du weißt jetzt, wie man es machen muss, für heute belassen wir es bei diesem einen abgeschnittenen Stück. Wir holen das andere Werkzeug und kommen zu weiteren Arbeitsgängen."

Bald standen sie vor dem Haufen mit frischem Reisig, und Gottfried erklärte:

„Wenn diese armdicken Äste – dieses Derbholz – einen Klafter lang und leidlich gerade sind, sägen wir sie ab und befreien sie von den Zweigen. Solche Stücke eignen sich – wie du dort im Garten siehst – für Einfriedigungen oder für Geländer. Kleineres Buschwerk lassen wir vorerst liegen. Ist es abgelagert, wird es so zerhackt, dass es bequem durch die Ofentür passt. Dickere Äste und dünne Stämme zersägen wir in spannenlange Klötze und spalten sie. Du kennst das ja, doch jetzt geht es an die Arbeit, damit du es von nun an selber machen kannst."

Bei diesen Worten griff er mit der rechten Hand nach der grob gezahnten, hölzernen Handsäge und drückte mit der linken einen kürzeren, armdicken Ast in den Sägebock, ließ ihn gut eine Spanne lang überstehen und sägte einhändig, sonst aber mit der vorher praktizierten Technik, das erste Stück ab, er schob nach, bis der Ast zerkleinert war. Den nächsten Ast überließ er seinem Sohn, der sich redlich damit abmühte, es aber schaffte. Nun ging es ans Spalten.

„Junge, ich habe Axt und Beil gut geschärft, sei vorsichtig damit. Lege das Stück, das du spalten willst, auf den Hauklotz, umfasse den Schaft der Axt mit beiden Händen, hebe sie über den Kopf und schlage mit Wucht darauf."

Er demonstrierte das mit so einer Wucht, dass die Hälften schon beim ersten Schlag zur Seite sprangen, und die Axt sich im Hauklotz verklemmte. Anton brauchte dafür oft einen zweiten Schlag.

„Für das Anmachholz nehmen wir das Beil. Du führst es mit einer Hand und nur ein wenig hoch. Mit Daumen und Zeigefinger hältst du das Holz und schlägst mit dem Beil auf die Mitte, wo es weiter gespalten werden soll. Kurz bevor das Beil auftrifft, öffnest du Daumen und Zeigefinger und ziehst die Hand schnell weg", erklärte Gottfried und sah dem Kind noch eine Weile zu.

„Du machst das schon recht ordentlich, so kannst du ab jetzt zu unserem Broterwerb beitragen", fügte er noch hinzu und verschwand fürs Erste. Anton arbeitet weiter, bis zum Abendessen gerufen wurde. Zwischendurch drang immer wieder Kinderlachen von der Straßenseite zu ihm herüber.

Da es damals noch keine Stromversorgung gab, wurde der Herd im Gasthof ganzjährig befeuert. Die Feuerholzproduktion entwickelte sich für Anton folglich zu einer Daueraufgabe. Für ein Kind mit beachtlichem Schulweg und häufigen Aufgaben als Messdiener war es kaum möglich, den Tagesbedarf an Brennholz allein zu produzieren. So reduzierte sich der Vorrat im Sommer, obwohl Anton vom Knecht August unterstützt wurde, der sich als Altenteiler noch um Haus und Vieh kümmern musste. Erst im Winter reicherte sich der Bestand wieder an, wenn die Arbeit im Fuhrgeschäft weniger wurde, und Franz und Gottfried auch Buschwerk und Brennholz hackten.

Franz hatte ja längst die Schule beendet, er war nun Fuhrknecht bei Gottfried, seinem Stiefvater. Da in Meschede durch die Eisenbahnanbindung immer mehr Güter – auch Steinkohle, Koks und Brikett für den Hausbrand – ankamen, und Gottfried einen Teil seiner Aufträge allein bewerkstelligen konnte, hatten sie am Bahnhof die Frachtgutzustellung übernommen. Dort standen jetzt eine Sack- und eine Schubkarre mit dem Firmenschild:

G. & F. Kampe
Transporte aller Art

Mit diesen beiden Karren erledigte Franz
die meisten Rollfuhren eigenhändig; nur bei
Großtransporten machte er den Fuhrknecht
für seinen Stiefvater. So z. B, wenn Baumstämme aus dem Wald zu holen waren.
Dann bauten sie den Kastenwagen um. Die
Schotten, die Seitenbretter und der Boden
wurden abgenommen, vorderer und hinte-
rer Radsatz getrennt und anschließend wieder mit einer Hebelade verbunden. Die bestand aus zwei mit versetzt angeordneten
Löchern versehenen Bohlen, die an den Enden mit Klötzen verschraubt waren. So entstand ein Abstand, in den sie später eine
der Stangen als Hebel einsetzen konnten.
Sie luden noch einen Flaschenzug, schwere
Ketten sowie zwei dicke, lange Stangen auf,
und los ging es. Im Wald hielten sie parallel
neben den Langholzstämmen, trennten die
Radsätze wieder und wendeten sie einzeln,
so dass sie vorn und hinten neben den
Stämmen parkten. Jetzt schlangen sie zunächst die Kette um einen oder mehrere
Baumstämme und hängten diese mit einem
Haken an den Flaschenzug. Aus der Hebelade, die nun den vorderen und hinteren Radsatz nicht mehr verband, errichteten sie mit
einer Stützstange ein Gerüst, das wie ein

Arbeit mit der Hebelade

großes 'A' am Kopfende der Stämme stand, und an dessen Spitze der Flaschenzug hing. Die zweite Stange steckten sie durch die Hebelade und verbolzten sie dort. Mit Hebelkraft gelang es ihnen, die Stämme ein Stück anzuheben, die Kette nachzuziehen und zu sichern. Der Hebel wurde versetzt, und der Vorgang mehrfach wiederholt, bis die Baumstämme vorne soweit angehoben waren, dass der vordere Radsatz darunter geschoben werden konnte. Mit einer Kette umschlangen sie die Baumstämme und den vorderen Radsatz, so dass eine feste Verbindung entstand. Nachdem hinten die gleichen Arbeitsgänge vollbracht waren, konnten die Pferde wieder eingespannt werden und der Abtransport beginnen.

**

Durch die neue Arbeitsteilung waren Reparaturen und Renovierungen an Haus und Stall nach und nach unterblieben. Deshalb errichteten Gottfried und Franz an einem Wochenende im Sommer 1898 aus langen Derbholzstangen ein Gerüst vor der Giebelwand des Wirtshauses, und Gottfried holte einen Sack mit gelöschtem Kalk nach Enste. Nun beauftragte er Anton, die Giebelwand zunächst gründlich abzubürsten und abzuwaschen. Als Anton damit am nächsten Tag fertig war, füllte er einen Teil des Löschkalks in einen Eimer, schlämmte ihn streichfähig ein, ließ Anton Handschuhe anziehen und eine Schutzbrille aufsetzen. Dann wies er ihn an, die Wand zu streichen. Die grundierende Wirkung war gut, aber insgesamt musste die Wand dreimal gestrichen werden, denn die beigemengten mineralischen Farbpigmente hatten nur eine schwache deckende Wirkung.

Die Sommerferien waren inzwischen zu Ende, Anton konnte nur bei schönem Wetter am späten Nachmittag weiterarbeiten und das auch nur, wenn nichts anderes Vorrang hatte. Außerdem reichte das Gerüst nur über die halbe Länge der Giebelwand, so dass es – als dieser Teil behandelt war – abgebaut und versetzt neu errichtet werden musste. Sie schafften bis Mitte Oktober, als schlechtes Wetter einsetzte, nur noch die freie Traufwand und die erste Hälfte des rückwärtigen Giebels. Mit der Renovierung der Außenwände des Stalles konnte erst im darauffolgende Frühjahr begonnen werden. Innen fielen aber auch Renovierungsarbeiten an, die jetzt durchgeführt werden konnten. Nachdem Gottfried bei seinem Sohn Anton Ausdauer und eine gewisse Neigung beim Renovieren der Fassade bemerkt hatte, spannte er ihn für weitere Malerarbeiten ein. So beauftragte er ihn zunächst mit dem Ausmisten des Hühnerstalles und der

Schweinebox. Nach gründlicher Reinigung verrührte Anton Schlämmkreide zu einer streichfähigen Konsistenz, die er dann mit einem Quast dick auf die Wände strich. Ein wenig stolz berichtete er beim Abendessen, dass er richtig viel Fläche geschafft hatte. Seine Mutter hörte das gern und bemerkte auch, dass es ihn freute; so strich sie ihm über die Haare und sagte:

„Ich hätte da noch eine Aufgabe für dich. Das Gästezimmer Nummer 3 müsste mal wieder renoviert werden. Nach den Feiertagen und dem Jahreswechsel räumen wir es leer, dann kannst du es mit Leimfarbe streichen. Das würde mir sehr gefallen."
„Klar, das mach ich", war seine knappe Antwort.

Anfang Januar 1899, als der Raum leer war, staubte und wischte Anton die Zimmerdecke und die Wände ab, löste Leim in Wasser auf und verrührte die zähe Flüssigkeit unter Zugabe von Kreide und Wasser zu einer streichfähigen, deckenden und später leicht wischfesten Innenfarbe. Aus zwei Stühlen und einem Brett stellte er für sich eine Arbeitsbühne her und legte los. Zweimal trug er überall Farbe auf, und nur gelegentlich fiel dabei ein Tropfen auf die als Schutz mitgeführte Pappe. Tags darauf konnten sie das Zimmer wieder einräumen. Seine Mutter war stolz auf ihn, weil er so sauber gemalt und nicht gekleckert hatte. Sein Vater freute sich besonders darüber, dass Anton Eckpinsel und Quast nach dem Streichen gründlich ausgewaschen und zum Trocknen aufgehängt hatte. Später im Frühjahr, als es wärmer geworden war, drückte Gottfried seinem Sohn eines Tages einen Bimsstein in die Hand und sagte:

„Anton, die Stalltüren müssen gestrichen werden, schleife sie mit diesem Stein ab und spüle den Schleifstaub weg. Wenn das Holz dann wieder trocken ist, male die Türen mit Ölfarbe an, im Schuppen steht noch welche."

So hatte Anton bis in den Sommer hinein wieder eine besondere Aufgabe neben Schule, Messdieneraufgaben und den üblichen häuslichen Tätigkeiten, aber seine gute Laune ließ er sich dadurch nicht nehmen.

Viel später im Jahr wurde sein 13. Geburtstag gründlich vorbereitet, und Einladungen nicht nur an Verwandte, sondern auch an seine Jugendfreunde rechtzeitig verteilt. Dazu gehörten, neben seinem Freund Kaputo, einige Messdiener, einige Evangelische und auch ein Mädchen jüdischen Glaubens. Die Schlacht mit dem Nationalpudding auf der Sedanfeier hatte sie nicht entzweit, sondern einander nähergebracht. Antons Mutter, die nicht so frömmlerisch war wie sein Vater, sagte immer:

„Jeder soll mit seinem Glauben selig werden."

Außerdem ist in einer Gastwirtschaft jeder gern gesehen. So kam in der Dämmerstunde des 4. November 1899 eine fröhliche Kinderschar mit Fackeln ausgerüstet singend über den Enster Weg dem Weiler entgegen, gerade als Gottfried mit dem Wagen voller Altvorderen über die Enster Straße heraufkam. Vor der Treppe löschten die Jugendlichen ihre Fackeln in einem Sandhaufen. Wenig später gab es in der Gaststube eine fröhliches Hin und Her. Kleine Geschenke, Glückwünsche und Sinnsprüche wurden ausgetauscht. In dieses Stimmengewirr drang ein heller Ton, als Lisette mit einem Messerrücken an ein Glas schlug. Alle blickten sofort in ihre Richtung. Sie und Hilde griffen nach den bereitstehenden Tabletts und brachten jedem eine Glas Most. Das war das Zeichen für das Geburtstagslied. Gottfried hatte schon seine Mundharmonika an den Lippen und gab nun mit seinen ersten Tönen den Einsatz zu:

„Froh zu sein bedarf es wenig, und wer froh ist, ist ein König …"
Alle stimmten in das Volkslied ein. Gottfried wechselte ins Jubellied:

„Er lebe, er lebe, er lebe dreimal hoch,

hoch hoch ..."

Mit seiner kurzen Geburtstagsansprache wartete er noch einen Augenblick, während die Gäste, Blickkontakt suchend, dem glücklichen Anton zuprosteten. In diese kurze Pause drängte sich ungewollt wieder der irdische Gedanke in seinen Kopf:

„Für einen Fuhrmann bist du zu klein." Gottfried schob das Vorurteil mit Macht zur Seite und sprach, so wie er es sich vorgenommen hatte:

„Liebe Gäste, lieber Anton, wir feiern heute gemeinsam und fröhlich deinen 13. Geburtstag. Bald wirst du ins Berufsleben eintreten, aber schon im vergangenen Jahr hast du gezeigt, wie geschickt und tüchtig du bist. Du warst uns eine große Hilfe. Dafür danken wir dir mit dieser Feier. Habt alle noch einen fröhlichen Abend."

Und Lisette ergänzte: „Es ist eingedeckt!"

Mit diesen Worten öffnete sie die Schiebetür zum Saal und schritt – von den anderen gefolgt – an die festlich gedeckte Tafel. Die Tische waren u-förmig angeordnet, zur Feier des Tages mit weißem Leinentuch belegt und jeder Teller akkurat mit Messer, Gabel, Teelöffel und zwei Gläsern bestückt. Für jeweils vier Personen stand eine große Bierflasche bereit. Als alle saßen, brachten Lisette, Juliane und Hilde fast im Laufschritt für jeweils vier Gäste eine Schüssel mit dampfenden Grünkohl und eine mit Salzkartoffeln herein. Mit den Worten.

„Bedient euch fleißig", verschwanden sie noch einmal, um kurz darauf mit der auf Tellern gehäuften Pinkelwurst wieder zu erscheinen. Der Raum füllte sich mit murmelnden Lauten der Zustimmung, für die Würste und den schmackhaften Grünkohl. Der hatte nicht nur den ersten Frost erhalten, ihm waren auch reichlich Zwiebeln, Schmalz und ausgedrückte Pinkel, Brühe und Gewürze wie Lorbeer, Muskat, Pfeffer, Salz beigegeben worden. Für die nächsten Minuten kehrte Ruhe ein, so konnten sich die drei Frauen zu den Gästen setzen. Doch schon als die ersten Gäste ihr Besteck beiseite legten und sich den Mund putzten, erhoben sie sich nach kurzem Blickkontakt gleichzeitig, verschwanden schnell und kamen jeder mit einer Flasche *geistlichen* Inhalts zurück. Juliane servierte den jungen Leuten einen niedrigprozentigen Sauren, Hilde den Damen einen leckeren geelen Kööm und Lisette den Männern einen kräftigen Klaren. Nach dem Trinkspruch und einer kurzen Pause räumten sie schnell und unauffällig ab und brachten die Nachspeise herein. Es gab Grießpudding mit heißem Kirschkompott und Schlagsahne garniert. Wieder war es für einen Augenblick mucksmäuschenstill. Dann füllte sich der Raum

erneut mit Geplapper, Geräusper und Gelächter, bis Onkel Heinrich zu seinem
Stammplatz unter den drei Waldtieren ging
und sein dort abgestelltes Akkordeon um-
hängte. Weit zog er den Balg auseinander,
der viel Luft einsog. Ein kurzer Gegendruck,
und als erstes erklang:

*„Ein Prosit, ein Proosit, der Gemütlich-
keit."*

Alle erhoben ihr Glas, prosteten sich gegenseitig zu und sangen freudig mit. Bei
„Du, du liegst mir am Herzen", hakten sich
alle unter und schunkelten, dass sich die
Balken bogen. Dann sorgte:

*„Ein Heller und ein Batzen, die waren bei-
de mein, ja mein"* für Bewegung und als das
Lied:

*„Beim Kronenwirt, da ist heut' Jubel und
Tanz"* erklang, tanzten die meisten Gäste.
Es war ein unvergessliches, fröhliches Fest,
das erst kurz nach Mitternacht von Onkel
Heinrich mit dem Lied

*„Dich mein stilles Tal, grüß' ich tausend-
mal"* beendet wurde. Die jungen Leute zün-
deten draußen ihre Fackeln wieder an. Gottfried ließ die Alten aus Meschede auf den
Leiterwagen aufsitzen, Lisette, Hilde und
Juliane reichten ihnen noch vorgewärmte
Rosshaardecken, und im fahlen Mondlicht
fuhr das Gespann über die Enster Straße zu
Tal. Die jungen Leute nahmen singend den

Enster Weg. August, Franz und Anton räumten alles weg und richteten die Gaststube für den nächsten Tag wieder her; die Frauen bewerkstelligten noch den Abwasch, ehe Gottfried mit dem leeren Gespann zurückkam. Wie abgesprochen standen sie unvermittelt im Kreis beieinander. Gottfried nickte allen zu, faltete die Hände und sagte:

„Habt Dank für euren Einsatz, Gottes Segen sei mit euch." Lisette ergänzte:

„Anton, es ist jetzt genauso spät, wie nach deiner Geburt vor 13 Jahren, wir haben nun unsere Ruhe verdient, gute Nacht euch allen."

***

Der Schritt ins eigene Leben

Gottfried hatte es vorausgesehen. Antons nächster Geburtstag würde still und bescheiden im engsten Familienkreis verlaufen. Das ergab sich aus der veränderten Lebenssituation.

Die zeichnete sich schon vier Wochen vor Karfreitag 1900 ab. Da hatte Gottfried nach dem Abendessen ein grundsätzliches Thema angesprochen, indem er sich an seinen Jüngsten wandte:

„Anton, du hast im vergangenen Jahr tüchtig in Haus, Hof und Gastwirtschaft mitgeholfen; danke dafür, aber bald müssen wir darauf wohl verzichten. Jeder muss ein wenig mehr leisten, denn, wenn demnächst deine Schulzeit zu Ende ist, musst du dich für einen Beruf entscheiden. Der Hof und die Gaststube können den Lohn für eine weitere Arbeitskraft nicht erwirtschaften. Ich habe deshalb unten in Meschede mit Malermeister Krause gesprochen, ein Geselle muss zu den Soldaten. Meister Krause nimmt dich als Lehrling an, er kennt dich und weiß, dass du hier gern gemalt hast."

Auch Anton hatte schon darüber nachgedacht, wie es nach der Schule weitergehen würde und damit gerechnet, dass er außer Haus müsse. Nun war es also klar. Mit kurzem Kopfnicken stimmte er seinem Vater zu. Doch abends – bevor seine Schwester in das gemeinsame Kinderzimmer kam – drückte er sein Gesicht ins Kopfkissen und weinte bitterlich. Nach und nach beruhigte er sich zwar, aber der Schmerz darüber hielt an. Es blieb ihm nur die Erkenntnis: *Mein Vater ist gut zu mir, er hat mich auch lieb, aber er traut mir nicht zu, ein guter Hof- oder Fuhrknecht zu werden. Er hat mich ja nur selten mit zu seiner Arbeit genommen.*

Als wenig später seine Schwester ins Zimmer trat, hatte er sich wieder gefangen, und er wusste, dass sein Vater seine Neigung richtig erkannt hatte. Auf ihre Frage:

„Und, wie findest du das?" Konnte er schon wieder leicht und ehrlich antworten:

„Gut, und am Sonntag nach der Messe bedanke ich mich bei Meister Krause."

So tat er es auch. Als die Kirchgänger nach dem Gottesdienst noch diskutierend beieinander standen, ging er freundlich auf den Malermeister zu, grüßte höflich mit einer Verbeugung und blieb in kurzer Distanz stehen, auf eine Gesprächspause wartend. Die kam auch bald. Der Meister drehte sich ihm mit den Worten zu:

„Na Anton, wie geht's oben in Enste?"

„Alles bestens, ich möchte Ihnen danken, dass Sie mich als Lehrling nehmen wollen."

„Ja, das mach ich gern, du hast ja schon ein wenig Übung und du wäscht die Pinsel nach der Arbeit so gründlich aus, das muss auch sein. Komm doch mit zu uns, dann können wir noch ein wenig miteinander reden."

Auf dem Weg dorthin wollte der künftige Lehrherr auch wissen, wie es Lisette, seiner Schwester und Onkel Heinrich so ginge. Franz und seinen Vater sehe er ja hin und wieder bei ihrer Arbeit – meistens am Bahnhof, wie er lachend hinzufügte. Unversehens waren sie am Ziel und standen wenig später mit der Familie, dem Gesellen und dem Lehrling um den gedeckten Tisch herum. Meister Krause räusperte sich und sagte:

„Ich habe heute Anton mitgebracht, er wird, wenn das Schuljahr zu Ende ist, bei mir seine Lehre absolvieren, ich halte große Stücke auf ihn. Als unser Gast wird er heute das Tischgebet sprechen."

Alle falteten die Hände und Anton sprach:

„Unser Vater im Himmel, ich danke dir für diese Fügung, und für den reich gedeckten Tisch, der vor uns steht. Lehre uns teilen. Amen."

Der Meister blickte einladend in die Runde, setzte sich und alle folgten ihm. Er füllte seinen Teller mit Kartoffeln, Gemüse und Soße. Dann gab er die Schüsseln seiner Frau. Als Anton schließlich an der Reihe war, reichte es zwar noch für ihn, aber etwas mehr hätte es gern sein können.

***

Im Gasthof zu Enste war montags und mittwochs Ruhetag. Das hieß aber nur, dass an diesen Tagen erst nachmittags ab fünf Uhr geöffnet wurde. Am dritten Mittwoch im März übertrug die Wirtin alle anstehenden Arbeiten an ihre Mamsell und große Stütze, Hilde, und stieg mit Anton zu ihrem Mann auf den Kutschbock.

„Wir fahren heute einmal mit. Wir gehen auf den Markt und zu Fuß zurück."

Auf dem Markt interessierte sie sich diesmal auffällig für Taschen, Beutel und Körbe und dafür, was diese kosteten. Als Mutter und Sohn den ganzen Markt abgelaufen hatten, steuerten sie gezielt, aber mit betonter Gelassenheit den großen Stand mit Lederwaren an. Dort eröffnete Lisette das Verkaufsgespräch mit den Worten:

„Diese braune Arzttasche würde mich schon interessieren, aber vom Preis muss noch was weg."

„Ne, ne gute Frau wir haben feste Preise."

„Das hab ich vorhin aber ganz anders gehört."

„Na, ja, dafür gab's auch gute Gründe. Für dieses schöne, solide Stück kann ich höchstens 5 Prozent nachlassen."

„Aber die haben Sie hier schon länger liegen. Ich sehe das an der Schramme im Leder und hier an der Seite schimmert noch das Brandzeichen des Rindes durch, 20 Prozent müssen schon runter."

„Also, die Schramme lässt sich mit Lederfett gut auspolieren, und das Brandzeichen macht sie erst richtig eigen. Mein allerletztes Angebot, 10 Prozent Nachlass, diese Schachtel mit Lederfett dazu auf die Hand, und wir sind uns einig."

Lisette streckte ihm ihre flache Hand zunächst zögerlich, dann mit einer kurzen, schnellen Bewegung entgegen:

„Abgemacht!" Er schlug ein. Mit der rechten Hand steckte Lisette die Schachtel unter ihre Sonntagsschürze, mit der linken zog sie von dort ihre Geldbörse hervor, zahlte und nahm das gute Stück mit dem markanten Messingverschluss stolz an sich. Mit Händedruck, einem Lächeln und den Worten:

„Ein guter Kauf – ein guter Preis", verabschiedeten sich beide.

Als sie den Markt verlassen hatten, drückte Lisette die Tasche ihrem Sohn in die Hand:

„Hier, Anton, die ist von deinem Vater und von mir für dich. Es ist unser Geschenk zu deinem baldigen Lehranfang. Sie ist groß genug und hat sogar ein Schloss, da kannst du deine Sonntagsbekleidung und was dir wichtig ist, hineintun, wenn du zu Meister

Krause ziehst. Mach's gut mein Sohn." Sie drückte ihn kräftig an sich, bevor sie den gemeinsamen Heimweg zügig fortsetzte, damit er ihre feuchten Augen nicht sähe.

Eine knappe Stunde später kamen sie zuhause an. Niemand schien anwesend, alle waren offensichtlich bei ihrer Arbeit. Mit zwei Handgriffen löste die Wirtin ihre Ausgehschürze, hob sie über den Kopf und drückte sie ihrem Sohn in die Hand:

„Nimm die mit nach oben, ich muss in die Küche!"

Schnell sprang Anton die Stiege hoch, warf die Schürze auf das elterliche Ehebett, und ging in sein Zimmer. Mit einem Handtuch bedeckte er seine neue Habe und schob sie tief unter sein Bett, um mögliche Fragen seiner Schwester vorerst zu vermeiden.

Das gelang aber nur für ein paar Tage; dann fiel ein Knopf, den Juliane annähen wollte auf den Fußboden und rollte unter sein Bett. Sie steckte noch darunter, da stieß sie schon aus:

„Was ist denn das?"

Im nächsten Moment stand sie vor ihrem Bruder. Die linke Hand mit dem Knopf hing schlaff herunter, mit der rechten streckte sie ihm die noch zugedeckte Ledertasche unter die Nase:

„Warum versteckst du die, meine Aussteuer dort im Weidenkorb zeige ich dir doch auch", schnauzte sie ihn an. Es half nichts, er musste sich erklären. Das beruhigte und ermunterte sie:

„Lass uns doch schon einmal ausprobieren, ob du alles hineinbekommst", schlug sie vor. Zuerst legte sie seine wollene Joppe gefaltet hinein. Es folgten ein paar Stiefel, ein Pullover, eine Cordhose und ein Arbeitskittel. Unterwäsche, Strümpfe, Oberhemden, Taschentücher und eine Mütze wurden in die Lücken gestopft. Das Handtuch deckte alles zu – fertig. Zufrieden beugten sich Bruder und Schwester über die Tasche und lächelten sich an.

„Ein bisschen traurig und einsam werde ich schon sein, wenn du fort bist", sagte Juliane nach einer Weile.

„Ich habe dann das Zimmer für mich und kann auch Besuch bekommen, aber jetzt bist du noch hier, und das ist gut."

Sie hakte sich bei ihm ein und zog ihn sanft ans offene Fenster. Einträchtig stützten sie ihre Ellenbogen auf die Fensterbank und blickten lange, aneinander geschmiegt, schweigend in die Dämmerung.

Am letzten Schultag abends packte Anton seine Ledertasche so, wie er es mit seiner Schwester geübt hatte, fügte noch ein paar Habseligkeiten und sein geringes Erspartes hinzu, ehe er sich zufrieden zum Schlafen legte.

Am 2. April 1900 morgens begann das Frühstück eine Stunde früher als sonst. Am Anfang sprach Gottfried nur ein kurzes Gebet. Bei Tische redeten sie heute besonders wenig, und niemand thematisierte den anstehenden Abschied des jüngsten Haushaltsmitgliedes. Gottfrieds Schlussgebet fiel aber etwas länger aus. Er wählte Psalm 23 *Der Herr ist mein Hirte, mir wird nichts mangeln ...* Anschließend umarmte er seinen Jüngsten mit den Worten:

„Mach's gut mein Junge, komm sonntags zu uns, erzähl uns, was du erlebt hast. Gott schütze dich."

Nun verabschiedeten sich auch alle anderen, und wünschten ihm eine gute Zeit. Lässig warf er sich seine Tasche über die Schulter und schritt zügig aus dem Haus. Auf der Enster Straße – weit genug von den nachwinkenden Familienmit gliedern entfernt – machte er sich selbst Mut, und sang lauthals:

Wem Gott will rechte Gunst erweisen, den schickt er in die weite Welt, dem will er seine Wunder weisen in Berg und Wald und Strom und Feld.

So kam er gut gelaunt pünktlich kurz vor sieben Uhr zu Arbeitsbeginn bei Meister Krause an, wurde freundlich begrüßt und gleich mit eingespannt.

Der Ernst des Lebens beginnt

Seine Tasche stellte er schnell ins Haus, zog den Kittel hervor und geschwind über, bevor er sich neben die Karre stellte. Er bekam noch die vorgeschriebene Arbeitskarte zugesteckt, die Anweisung, bei Bedarf mit zu schieben, und los ging es. Die Arbeitsstelle lag im Ort, so dass sie nach einer halben Stunde dort eintrafen. Mit dem Glockenschlag für zwölf Uhr von der Walburgakirche machten sie Mittagspause.

Aus einem Topf gab es Buchweizengrütze, und aus einer Kanne Buttermilch. Nach einer halben Stunde ging es weiter, und um sechs Uhr war noch nicht Schluss, denn bei gutem Wetter – wie heute – arbeiteten sie bis zum Sonnenuntergang. Es wurde ein langer Tag. Überhaupt galt damals für Männer noch keine Arbeitszeitregelung. Jugendliche sollten täglich maximal 10 Stunden arbeiten. Kurz vor sechs wurde Anton deshalb erst einmal zum Bäcker geschickt, um ein paar Brötchen zu holen. Das war ihm sehr recht, so konnte er doch mit seinem Freund Kaputo ein paar Worte wechseln. Zurückgekehrt hieß es:

„Der Lehrling kann jetzt Feierabend machen, aber vielleicht räumt er ja noch auf und kehrt den Dreck etwas zusammen, bis wir gemeinsam abrücken."

Er ließ sich das nicht zweimal sagen und empfand es auch nicht so richtig als Arbeit, weil es seiner Neigung entsprach.

Nach Sonnenuntergang saßen sie alle gemeinsam bei Tische, denn auch die beiden Gesellen waren wie Anton bei ihrem Meister in Kost und Logis. Im Dachgeschoss hatten sie nun zu dritt eine Kammer. Dort *kuierten** sie ein wenig – wie man damals im Sauerland sagte. Der jüngere Geselle spielte noch ein paar Volksweisen und bald versanken alle drei in den Schlaf der Gerechten.

Es war insgesamt ein entspanntes und fröhliches Leben und Arbeiten. Auch das Tischgebet fiel einfacher und kürzer aus, als Anton es von seinem Vater gewohnt war. Üblicherweise murmelten sie nur:

„Komm Herr Jesus, sei unser Gast und segne was du uns bescheret hast. Amen." Bei der Arbeit wurde wenig gesprochen, meist waren es nur kurze Anweisungen oder eine flachsige Bemerkung. Waren Kunden anwesend, ging es besonders ruhig zu. Die einzelnen Arbeitsschritte und Arbeitstechniken lernte der Lehrling nach dem Grundsatz: *Vormachen, nachmachen, üben, können*. Waren die Gesellen und der Lehrling unter sich, ging es meist locker zu.

*) kuiern = sauerländisch für diskutieren/reden

So arbeiteten sie eines Tages wieder einmal ohne Meister; da zog der Altgeselle ein Stück Pappe aus der Hosentasche, rief Anton zu sich und sagte:

„Nun wollen wir mal prüfen, ob du auch nicht farbenblind bist. Welche Farbtöne siehst du auf dieser Pappe?"

„Das ist ein Hellblau, Mittelblau, Dunkelblau und Königsblau", rappelte er los.

„Richtig, aber der Kunde erwartet ein HAUMI-Blau, und das haben wir nicht. Hier ist ein Groschen, lauf zu dem neuen Drogisten und hol uns für die zehn Pfennige HAUMI-Blau. Los, schnell, wir können hier nicht lange herumbummeln.

Leicht außer Atem kam er in der Drogerie an, legte den Groschen auf die Theke und verlangte, wie aufgetragen:

„Für zehn Pfennig HAUMI-Blau."
Der Drogist sah ihn prüfend an, kratzte sich hinter dem Ohr und sagte:

„Tja, davon gibt es zwei Sorten und ich habe nur die zweite vorrätig, ob du die willst, weiß ich nicht. Sieh hier", und er schrieb auf einen Zettel:

1. = HAUMI-Blau
2. = Hau mich blau!

Beide lachten hell auf. Der Händler schob mit geübter Bewegung den Groschen über einen Schlitz in der Tonbank direkt in seine Kassenschublade, füllte einen Löffel voll

Gips in eine Streichholzschachtel, und mit den Worten:

„Sie sollen eine Prise davon in das Königsblau geben, dann wird es „Haumi-Blau", verabschiedete er den Lehrling.

Mit ernstem Gesicht übergab der auf der Arbeitsstelle mit den gleichen Worten dem Altgesellen die Schachtel.

„Aus dem Weg, oder ich hau dich blau", bekam er zur Antwort.

„Schade", dachte der Geselle, „der Groschen hätte für ein Bier gereicht, aber Spaß muss sein."

***

In den ersten Monaten seiner Lehre ging Anton sonntags nach der Kirche regelmäßig hinauf nach Enste zu seinen Eltern. Nach dem Mittagessen überkam ihm meist so eine große Müdigkeit, dass er erst einmal ausruhen musste. In seinem Zimmer stand zwar immer noch sein Bett, aber Julianes Einfluss war nicht zu übersehen. Nur sein Lieblingsteddy guckte ziellos vom Bord in den Raum, und sein Spielzeugkran lag flach auf dem Schrank. Alle anderen Utensilien hatte sie sorgfältig verpackt und verstaut. Eine bunte Tagesdecke zierte nun sein Bett, er fühlte sich hier zwar willkommen, aber irgendwie doch als Gast. Hatte er ausgeschlafen, setzte er sich noch zum *Kuieren* mit der Familie und den Gästen in die Wirts-

stube. Dann wurde schon bald zum Abendessen gerufen. Anschließend trottete er
zurück zum Hause seines Lehrmeisters.

***

Im Oktober 1900 berichteten die Zeitungen vermehrt von der Wuppertaler Schwebebahn. Eine Hochbahn war seit 1887 in
den Orten Elberfeld und Barmen in Planung
und Ende 1894 von beiden Stadtverordne-
ten-Versammlungen als Schwebebahn beschlossen worden. Vereinbart wurde, die
Strecke vom Zoo aus über die Wupper bis
Rittershausen (Oberbarmen) zu führen. Am
15. Oktober 1895 hatte die Elektrizitäts-Ak-
tiengesellschaft mit dem Bürgermeister der
Landgemeinde Vohwinkel einen Vertrag
über die Verlängerung der Strecke geschlos-
sen, danach sollte die Bahn über die Straße
bis Vohwinkel weitergebaut werden. Die
Zeitungen hatten auch über die Meinung der
Gegner berichtet. Die verdammten den Bau
der Schwebebahn als *wahnsinniges Unter-
fangen,* als *Versuchung Gottes,* als *sündige
Eitelkeit* und als *schwebendes Satanswerk.*
Das alles hatte Anton schon sehr neugierig
gemacht, und er war fest entschlossen,
nach seiner Lehre damit eine Fahrt zu machen. Seit über einem Jahr war die Bahn im
Probebetrieb, nun berichteten die Zeitungen
groß aufgemacht und mit Foto:

„Am 24. Oktober 1900 fuhr Kaiser Wilhelm II. mit seiner Gemahlin Auguste Viktoria und seinem Gefolge von Döppersberg (Elberfeld Mitte) bis Vohwinkel."

„Schade, die sind mir zuvor gekommen", dachte Anton.

Sein 14. Geburtstag im November 1900 verlief fast so, wie es mittlerweile bei seinen Sonntagsbesuchen üblich geworden war, nur dass sie heute für ihn einen Kuchen gebacken hatten, Glückwünsche aussprachen und ihm kleine Geschenke überreichten. So eingebunden wie vor einem Jahr fühlte er sich aber nicht mehr und sein Wunsch, sonntags hierher zu kommen, verblasste. Er begnügte sich in der Folge immer öfter damit, am Sonntag mit ihnen zusammen auf der Kirchenbank zu sitzen und ein paar Begebenheiten auszutauschen. Sein Amt als Messdiener hatte er inzwischen an jetzige Kommunionkinder abgegeben.

***

Kurz vor Weihnachten verabschiedeten sich die beiden Gesellen und gingen zu ihren Familien. Für sie hatte der Meister im Winter keine Arbeit; er war aber ein guter Organisator und Planer, der für sich und seinen Lehrling tagaus, tagein eine geeignete Tätigkeit fand.

Im Frühjahr kamen zwei neue Malergesellen. Die Arbeiten und der Tagesablauf
wiederholten sich. Nur das abendliche
Kuieren wurde lebhafter, und neugierig
hörte Anton zu. Das hauptsächliche Diskus-
sionsthema bei seinen Eltern waren Kir-
chenfragen, wobei seine Mutter die Position
der liberalen Katholiken vertrat, während
sein altkatholischer Vater sich für den
Ultramontanismus ereiferte. Er hatte sich
auch vor vier Jahren die 3. Auflage von:
„Die Macht der römischen. Päpste", geschrieben von Joh. Friedr. von Schulte
beschafft. Der *„Syllabus Errorum Modernis"*
und die Enzyklika *Quanta Cura,* in der sich
der Papst gegen Liberalismus und Demokra-
tie aussprach, waren für seinen Vater sowieso unstrittig. Seine Mutter wusste sehr
wohl, dass die Liberalen Katholiken 1869/70
auf dem *Ersten Vatikanischen Konzil* unter-
legen waren und nicht in der Gunst des
Papstes standen. So beendete sie die Diskussion meist mit den Worten:

„Ist ja gut Gottfried, aber lass doch jeden
nach seinem Glauben selig werden."

Diesen Leitsatz seiner Mutter verinner-
lichte Anton und fand ihn immer wieder bestätigt, je mehr Meinungen auf ihn einpras-
selten. Die Stammgäste im Gasthaus seiner
Eltern diskutierten zwar über schwere Arbeiten und über die Entlohnung, akzeptier-

ten aber prinzipiell die traditionellen Gegebenheiten, und die anderen Gäste beteilig-
ten sich meistens nur unverbindlich.

Hier bei Meister Krause waren nun zwei
Wandergesellen, die viel offener und grundsätzlicher über die soziale Frage, über Politik, Parteien und Prediger sprachen, wenngleich sie sich bei Meister Krause willig den
Gegebenheiten fügten.

Anton hörte interessiert zu, konnte und
wollte aber vorerst keine Position beziehen;
eine eigene politische Überzeugung hatte er
noch nicht. Gerade diese Zurückhaltung
schätzte sein Meister sehr an ihm, konnte
der seinen Lehrling doch getrost beim Kunden lassen, wenn er zum Akquirieren oder
Ausmessen unterwegs war. Tatsächlich gab
es auch während der gesamten Lehrzeit
keinen einzigen Misston, obwohl es in Antons Kopf mehr und mehr brodelte.

***

Was soll ich dazu sagen?

Dieses Brodeln in seinem Kopf wurde am Ende seines zweiten Lehrjahres –1902 – durch ein ganz alltägliches Ereignis ausgelöst und Anton hatte große Mühe, es für sich zu behalten. Also, was war geschehen?

Anton arbeitete ohne seinen Lehrherren bei einem betuchten und gebildeten Kunden. Gerade malte er in Augenhöhe mit einer Schablone eine Bordüre, als der Hausherr in den Raum trat. Nach kurzer, freundlicher Begrüßung kamen sie in ein Gespräch, das unversehens ernsthafter wurde, und in dem der Hausherr dann vier Wörter benutzte, die den Lehrling so elektrisierten, dass er später nicht mehr wusste, wie das Gespräch darauf gekommen war. Diese vier Wörter lauteten:

'... der Mensch Jesus hat ...'.

Wie ein Blitz schoss es durch seinen Kopf: *Jesus ein Mensch? Jesus ist doch Gott! Er ist Gottes Sohn, also ist er Gott.*

Antons Verstand rang nach einer Antwort; aber das Gefühl verschaffte sich die Vorherrschaft und befahl:

„Ruhig sein, reagiere nicht, hier keine Diskussion!" Und aus der Tiefe seines Unterbewussten hörte er die Stimme seiner Mutter:

„Jeder soll mit seinem Glauben selig werden."

Es war eine *Aussage*, die der Hausherr gemacht hatte, *keine Frage*, und so murmelte Anton:

„Ja, richtig", und wandte sich langsam wieder seiner Bordüre zu, aber die Frage *Jesus ein Mensch* sollte ihn noch lange beschäftigen. Hier verdrängte er sie vorerst, aber am Abend im Bett kreisten die Gedanken wieder um das Thema, und unabwendbar befand er sich im Zwiegespräch mit sich selbst:

„Jesus – Gottessohn – oder vielleicht doch nur Sohn Gottes, so wie wir Kinder Gottes sind? Und Gott selbst, was ist das für ein Gott, der seinen Sohn ans Kreuz schlagen lässt? Dürfen wir uns Gott so vorstellen? Ist er so?"

Plötzlich waren da Fragen, die er sich noch nie gestellt hatte, und Antworten hatte er erst recht nicht. Um sich zu beruhigen, atmete er tief durch.

„Woher soll ich das wissen?"

In Gedanken meldete sich da leicht mahnend sein Pfarrer:

„Aber Anton, du kennst doch das Buch Mose, du weißt, was Gott uns geboten hat. Du sollst dir kein Bildnis noch ein Gleichnis machen von dem, was oben im Himmel ist."

„Aber Jesus hat doch auch in Gleichnissen gesprochen."

Müde fiel er in einen tiefen Schlaf.

Der neue Tag brachte eine neue Arbeit, Ablenkung und irdische Gedanken, das war dem Heranwachsenden ganz recht. Am Sonntag ging er wie gewohnt zur Messe. Der Einzug des Pfarrers mit den Messdienern, die Liturgie, die Lesung, alles war altvertraut und warf keine Fragen auf, nur bei der Predigt hörte er nun intensiver zu, aber der Pfarrer fand den richtigen Ton, und Antons neugieriger Geist wurde nicht erneut beunruhigt. Ab jetzt spürte er aber den sittlichen Aspekt seiner Religion deutlicher.

***

Sein drittes Lehrjahr begann, es waren auch wieder Gesellen im Haus, und seine Gedanken eilten nach vorn.

„Wie wird es nach der Lehre wohl weitergehen?"

Eine Sache war klar. Er wollte als Junggeselle auf Wanderschaft gehen, denn weiter als bis nach Arnsberg war er bisher nicht gekommen. Wuppertal sollte sein erstes Ziel sein. Alle Informationen dazu schrieb er in ein Oktavheft mit schwarzem Umschlag, das er sorgfältig verwahrte. Darin vermerkte er mögliche Meister, die ihm Arbeit und Brot bieten konnten, Entfernungsangaben, Wegskizzen und Ortsnamen. Auch mit Wanderburschen anderer Gewerke unterhielt er sich darüber. Viele Wandergesellen brachten politische, gewerkschaftliche und soziale Themen ein. Obwohl Anton gut zuhörte, hielt er sich immer noch bei diesen Themen zurück, denn er hatte inzwischen erfahren, dass es dabei oft hitzig zuging. Seine Gesprächspartner drängten ihn auch selten zu einer Stellungnahme, für sie lag seine Zurückhaltung an seiner Jugend. Diese Zurückhaltung war aber auch in seinem Wahlspruch begründet: *Streitigkeiten muss man aus dem Weg gehen*. Einer der Wandergesellen schenkte ihm vor Weihnachten 1902 beim Abschied eine 38-Seiten-Druckschrift mit den Worten:

„Das interessiert dich."

Es war die Sammlung der *Briefe aus Wuppertal von Friedrich Engels.* Anton wusste, dass Engels vor sieben Jahren verstorben, zu Lebzeiten Sekretär des Kommunistenbundes war und zusammen mit Marx *Das Kapital* veröffentlicht hatte. Anton hatte weder von Marx noch von Engels etwas gelesen, galten beide in seiner Familie doch als gottlos; aber der Titel machte ihn neugierig. Die ersten Seiten überraschten ihn, dort beschreibt Engels eher unpolitisch die Landschaft und Bauwerke des Ruhrtales bei einer dreistündigen Annäherung an die Ortsteile Elberfeld und Barmen. Das traf auf Antons Interesse. In der Folge zeigt sich des Autors sozialkritische Einstellung, als der

auf die Armut und Verelendung der Lohnar-
beiter hinweist, und die verbreitete Kinder-
arbeit anprangert, indem er vermerkt, dass
in Elberfeld von 2500 Schulpflichtigen 1200
Kinder dem Unterricht entzogen wurden,
um in den Fabriken zum halben Lohn eines
Erwachsenen zu arbeiten. Anton erkannte,
dass andere Kinder härter als er unter
schlechten Bedingungen arbeiten mussten
und verstand nun besser manches böse
Wort über harte Arbeit und kargen Lohn,
das er in letzter Zeit gehört hatte.

Als unser Malergeselle die Druckschrift
soweit gelesen hatte, verstaute er sie auf
dem Boden seiner Ledertasche und freute
sich, dass diese ihm im fremden Hause
einen ganz privaten Bereich gab. Zwar würde niemand das geschnürte Bündel eines
Lehrlings oder eines wandernden Gesellen
öffnen, aber seine verschließbare Ledertasche schenkte ihm das Gefühl, wirklich etwas zu besitzen. Still dankte er dafür seiner Mutter.

***

Jetzt, da die Tage kurz und dunkel waren,
las er erst einmal nicht weiter, das machte
im flackernden Schein der einzigen Kerze in
seiner Dachkammer auch keine Freude. Im
Frühjahr 1903, als die Tage heller und länger wurden, schlug er aber die Druckschrift
auf und las wieder etwas darin. Kenntnis-

reich und ausführlich beschreibt Engels das Wuppertaler Leben und die religiöse Ausgestaltung durch örtliche Pastoren. In Kapitel II geht es um das Schulwesen, um Lehrer, um Literatur und um Schriftsteller. Das interessierte ihn sehr wenig.

Nach und nach erkannte Anton, dass es nicht nur mehrere Religionen gab, sondern auch noch sehr viele unterschiedliche Ausprägungen. Das verunsicherte ihn. Ganz gleich, ob die erwähnten Prediger dort noch im Amt waren oder nicht, die Stadt – damals eigentlich nur ein Konglomerat von Orten – wurde für ihn immer interessanter. Die besonderen Ausprägungen schienen ihm bei den Protestanten häufiger zu sein, als bei seinen Katholiken. Der Besuch einer evangelischen Andacht jedoch kam für ihn nicht in Frage. Neugierig auf die Predigt in einer anderen katholischen Gemeinde wurde er durch diese Lektüre schon, und auch bei der Predigt seines Pfarrers hörte er nun noch intensiver zu.

***

Vom Lehrling zum Gesellen

Beruflich war es eine spannende Zeit, seine Gesellenprüfung stand an; die war auf Samstag, den 28. März 1903, auf den Tag vor dem Passionssonntag angesetzt. Alles war gut geplant worden. Der elterliche Gasthof in Enste sollte eine neue Eingangstür erhalten. Das hatte Lisette Kampe rechtzeitig und gründlich eingefädelt, denn sie hatte darauf gedrungen, dass auch der Türrahmen erneuert wurde. Die Schreinerei *Joseph Frigge Nachfolger* hatte die große Kassettentür vor zwei Wochen samt Zarge fertiggestellt, Anton sie dort grundiert, und Gottfried hatte sie zu Meister Krause gefahren, wo sie in der staubarmen Werkstatt deponiert worden war, damit Lehrling Anton daran seine Arbeit für die Gesellenprüfung tätigen konnte. Er hatte Tür und Zarge weiß lackiert und die Einfassungen der vier Fenster dunkelgrau abgesetzt. Nun am Prüfungstag wurde er noch vom Obermeister und einem Meister aus Arnsberg zu den einzelnen Arbeitsschritten befragt und seine Arbeit von vorn und hinten und von oben bis unten gründlich in Augenschein genommen. Der Obermeister füllte an der Werkbank ein Papier aus, stellte sich dann zusammen mit den beiden anderen Meistern vor dem artig wartenden Lehrling auf und las ihm den folgenden Text würdevoll vor:

„Wir Aelterleute des löblichen Amtes der Maler im Bezirk Arnsberg bescheinigen hiermit, daß Vorzeiger dieses, Namens *Anton Kampe*, gebürtig aus *Enste,* bei unserem Mitmeister *Kurt Krause* drei Jahre in der Lehre gestanden, also vom 2. *April 1900* bis 28. *März 1903,* und sich solche Zeit über als rechtlicher Lehrling verhalten hat, und selbiger deshalb, nach beendeten Lehrjahren und verfertigtem Gesellenstück, am *28. März des Jahres 1903* vom ganzen löblichen Amte der Lehre entlassen, und als Geselle ausgeschrieben worden ist.

Wir ersuchen demnach alle diejenigen Behörden und Personen, welchen dieser Lehrbrief vorgelegt werden sollte, den oben vermerkten *Anton Kampe,* als ordnungsgemäß ausgeschriebenen Malergesellen anzuerkennen. zu behandeln und zu begünstigen, welches wir in gleichen Fällen zu erwiedern nicht ermangeln werden. Urkundlich ist dieser Brief von den Aelterleuten, dem Lehrmeister und dem Lehrling eigenhändig unterzeichnet und mit dem Amts-Siegel bestätigt worden.

Meschede, den
28. März des Jahres 1903.

Unterschrift der Aelterleute

Karl König

Klaus Kordel

Unterschrift des Lehrmeisters

Kurt Krause

Unterschrift des Lehrlings

Anton Kampe

Jetzt unterschrieben die Aelterleute das Dokument und übergaben es Anton zur Unterschrift, der es dann an seinen Meister weiterreichte. Kurt Krause unterschrieb ebenfalls. Stellte sich in Positur, räusperte sich und sprach:

„Herr Anton Kampe, Sie waren ein folgsamer und tüchtiger Lehrling. Ich spreche Sie hiermit frei. Ab heute beschäftige ich Sie gern als Gesellen."

Dann langte er unter eine alte Zeitung, zog zunächst vier Schnapsgläser und anschließend eine Flasche Obstler hervor, füllte die Gläser und erhob sein Glas zum Trinkspruch:

„Auf unser löbliches Handwerk, gute Arbeit und auf die Handwerksehre. Prost."

Karl König ergänzte: „Und wie trinken wir den?"

Die Antwort kam im Chor: „Umsonst, umsonst, umsonst!"

Sie hoben die Gläser, kippten sich den Obstler genüsslich hinter die Binde und lachten einander freundlich zu.

***

Diese Zeit war übrigens nicht nur für den Malerlehrling spannend, auch sein Halbbruder Franz und sein Vater erlebten eine ziemliche Veränderung. Es war nämlich die *Talsperrengenossenschaft der oberen Ruhr* gegründet worden; die begann 1901 mit dem Bau der *Hennetalsperre,* und das erforderte große Transportkapazitäten. So wurden die Arbeiten im Forst auf ein Minimum begrenzt und für die Pferde eine Relaisstation in Meschede geschaffen. Dazu mieteten Franz und Gottfried dort eine Weide an. Darauf errichteten sie einen Stall aus Holz. Sie selbst kamen in einer Dachkammer bei den Großeltern von Franz unter, denn eine tägliche Anfahrt und Rückkehr aus Enste wäre zu langwierig und zu zeitraubend gewesen. Wanderarbeiter in heimatlicher Umgebung wurden sie. Andererseits konnte Franz nach einem Jahr ein eigenes Gespann und einen Kastenwagen erwerben. Jetzt hatte er eine vollwertige eigene Existenz. Der Gasthof in Enste und die dortige Hofstelle waren nun *Weiberwirtschaft.* Nur am Wochenende ritt jeder der beiden Fuhrmänner mit seinem Sattelpferd hinauf nach Enste. Unter der Woche fuhren sie – wie viele andere Unternehmer – Bruchsteine, Füllsand und Soden auf die langsam wachsende Bruchsteinmauer, bis diese letztlich 38 m hoch sein sollte. Das war allerdings erst 1905 der Fall.

∗∗∗

Anton, nun also Geselle, stellte seine Wanderschaft noch ein paar Wochen hintan. Erst wollte er einen *Notgroschen* ansparen, und sein Meister hatte gerade einen großen Auftragsbestand. Am 1. Juni – Pfingstmontag – sollte es losgehen. Inzwischen war er Mitglied im *katholischen Wandergesellenverein zu Meschede* geworden. Am Sonntag davor besuchte er noch einmal seine Familie, tat dort seinen Entschluss kund und bat seinen Vater um Zustimmung. Gottfried entgegnete:

„Ich kenne deinen Wunsch ja schon seit einiger Zeit, und es ist so auch üblich, deshalb habe ich niedergeschrieben, dass mein minderjähriger Sohn im westfälischen Preußen auf Wanderschaft gehen darf. Hier hast du meinen Brief dazu."

Darüber hinaus brachte er nur das vertraute *Gott schütze dich* über die Lippen. Elisabeth umarmte ihren Sohn herzlich, gab ihm einen Abschiedskuss und bat ihn:

„Schreib uns wie es dir geht."
Beim Hinausgehen überreichte sie ihm noch einen Brotbeutel mit einem Viertel, abgelagerten Rundkäse, einem Stück Schinken, Pumpernickel-Brot und drei Äpfeln. Juliane hatte in weiser Voraussicht ein Geschenk für ihn zur Hand. Einen längeren und zwei kürzere Gurte hatte sie geflochten. Mit Hilfe des längeren Gurtes, könnte er seine Ledertasche einseitig über der Hüfte tragen, nähme er die beiden kürzeren zu Hilfe, so würde aus der Tasche ein Rucksack, das sei für die Wanderschaft doch praktisch, gab sie ihm mit auf den Weg. Alle winkten ihm lange nach, als er die Enster Straße hinabging.

***

Arnsberg

Auf Wanderschaft

Tags darauf verlief die Szene auf seiner Arbeitsstelle ähnlich herzlich. Frau Meisterin, Meister Krause und die Gesellen drückten ihm bei guten Wünschen die Hand. Von seinem Meister erhielt er als Abschiedsgeschenk ein Einhand-Streichmaß. Dreimal blickte Anton in kurzen Abständen noch zurück; dann war er ganz bei sich, *frei* und von nun an auch allein auf sich gestellt.

***

Das Tagesziel war Arnsberg. Bei seinem Prüfungsmeister hatte er nach einer Beschäftigung gefragt und die Zusage für eine bis zwei Wochen Arbeit erhalten. Die Morgensonne im Rücken, lag das Ruhrtal in voller Pracht vor ihm, und wie von selbst klang es aus seinem Munde:

Im Frühtau zu Berge wir geh' n fallera, es grünen die Wälder und Höh'n fallera …

und dann:

Ein Heller und ein Batzen, die waren beide mein, ja mein, der Heller ward zu Wasser, der Batzen ward zu Wein, ja Wein

gefolgt von:

Nun ade du mein lieb Heimatland, lieb Heimatland ade …

Als er den Wegpunkt erreichte, wo die Glassmecke in die Ruhr mündet, lag von seinem Heimatort damals nur noch der Ensthof querab zu seiner rechten Seite. Das ist heute der Hang mit dem Industriegebiet. Je mehr der Hof achteraus blieb, um so deutlicher wurde ihm, dass er hier seine Kindheit und sein Vaterhaus für lange Zeit, vielleicht für immer, verließ. Trotz dieser Gedanken war er guten Mutes und schritt zügig in Richtung Freienohl voran. Dort angekommen, schaute er eine Weile beim Sägewerk zu, wie sich die Bandsäge durch einen dicken Baumstamm fraß und das Langholz so zu Bohlen wurde.

„Ob das wohl ein Stamm ist, den mein Vater hergefahren hat?", fragte er sich. Nach ein paar Schritten lag der Bahnhof zu seiner Linken. Einen Augenblick überlegte er, ob er den Rest der Strecke mit der Bahn fahren sollte; aber den Gedanken schob er schnell beiseite. Für so etwas wollte er sein mühsam erspartes Geld nicht ausgeben, zumal es noch vor Mittag war.

„Wenn ich mich spute, komme ich vielleicht noch zum Mittagessen dort an", sagte er sich. Bei Meister Kordel blieb er dann ein wenig länger als die ursprünglich vereinbarten zwei Wochen. Anfang Juli erst setzte er seine Wanderschaft fort, nicht ohne sich die Anstellungszeit bescheinigen zu lassen und vorher seinen Eltern zu schreiben. Überhaupt nahm er sich vor, jedes Mal, wenn er

eine neue Arbeitsstelle antreten würde,
gleich einen Brief oder eine Postkarte nach-
hause zu schicken, damit die Antwort ihn
noch erreichte, bevor er weiterziehen
würde.

Am **30. Juni 1903** abends kam dann überraschend Besuch. Es war sein Vater, der
hatte Baumstämme nach Freienohl gefahren
und von dort fertige Bohlen nach Arnsberg
gebracht. Nun bekam Anton – dreifach in
Zeitungspapier eingepackt – noch einmal
die bekannte Vesper und gute Wünsche seiner Familie mit auf den Weg. Sein nächstes
Ziel war der Ort Fröndenberg, der weiter
abwärts am Fluss lag. Über seinen Gesellenverein und von anderen Wanderburschen
hatte er die Anschrift von *Kolpingfamilien*
erhalten, die ihm, wenn möglich, Unterkunft
und Zuspruch geben würden. Der Priester
Kolping war Förderer des von Johann Gre-
gor Breuer gegründeten Gesellenvereins,
denn er, der Sohn eines Schäfers, hatte
Schumacher gelernt und in den Jahren seiner Wanderschaft die schlechten Lebens-
umstände der wandernden Gesellen selbst
erlebt. Die hatten auch seine Gesundheit
gefährdet. Kolpings Erfahrung glich in diese
Hinsicht der von Engels. Sein persönliches
Glück lag darin, dass er durch ein Stipen-
dium das Abitur nachholen und anschließend studieren konnte. Sein ganzes Leben

setzte sich Kolping für die sozialen Belange der Wanderarbeiter ein. Nach seinem Tode im Jahr 1865 wirkte die *Kolping-Bewegung* noch immer fort. So wurde im Jahre 1909 das Kolpinghaus in Hagen-Boele eingeweiht, das konnte Anton damals selbstverständlich noch nicht vorfinden; aber gegenüber Mitgliedern des Gesellenvereins herrschte dort bereits ein gewisses Wohlwollen und eine Aufnahmebereitschaft vor.

Für die zweite Etappe wählte Anton den Höhenrandweg, der ihm rechter Hand immer wieder schöne Blicke auf sein geliebtes Ruhrtal bot. Es war ein sonniger Tag, und am Nachmittag näherte er sich dem Aussichtspunkt auf dem Echthauser Berg gegenüber von Wickede. Er hörte jemanden singen und erkannte auch das Lied:

Freiheit, die ich meine, die mein Herz erfüllt, … Der Sänger beendete gerade die dritte Strophe, und Anton wollte ab der vierten mitsingen, doch die Worte waren ihm fremd. Er hörte nun:

„Wo *der Freiheit Flamme sich ins Herz gesenkt,*
das am alten Stamme treu und liebend hängt;
wo sich Männer finden, die für Ehr' und Recht
mutig sich verbinden, weilt ein frei Geschlecht."

Inzwischen hatte er den Sänger erreicht und stellte sich talwärts blickend schweigend neben ihn. Der unterbrach dennoch seinen Gesang und begrüßte ihn mit einem Seitenblick auf die Ledertasche:

„Ich grüße dich, Lederfreund."

„Ich grüß dich auch, Sänger. Aber den Liedtext kenne ich anders

Aus den stillen Kreisen kommt mein Hirtenkind, ...", entgegnete Anton.

Ja, das ist die vierte Strophe im Originaltext, wie Schenkendorf ihn schrieb, aber ich singe den von Kegel aus dem *Sozialdemokratischen Liederbuch,* der passt besser in unsere Zeit."

Unser Malergeselle merkte jetzt, dass er zum ersten Mal ungefragt Stellung bezogen hatte, spürte aber gleichzeitig an dem freundlichen Blick seines Gegenübers, dass hier keine Eskalation in der Luft lag,sondern er wurde gefragt:

„Wohin führt dein Weg denn heute?"

„Nach Fröndenberg."

„Dahin will ich auch, gehen wir doch gemeinsam, dann können wir noch ein wenig *kuiern*", schlug der Sänger einladend vor. Der Malergeselle nickte zustimmend, innerlich noch immer etwas irritiert, ob seiner vorschnellen Äußerung; doch der andere streckte ihm freundlich die Hand entgegen.

„Ich heiße Berthold, Berthold Schütz und du?" - „Anton Kampe."

„Also dann: „Auf Du und Du!"

Schweigend, in gleichem Schritt und Tritt. setzten sie ihren Weg fort. Nach einer Weile fragte Berthold:

„Woher kommst du, Anton?"

„Aus Meschede!", konterte der, deutlich mit 'sk' ausgesprochen, wie es die Sauer-länder tun.

„Aber doch nicht heute?", wurde seine Antwort hinterfragt.

„Nein, in diesem Frühjahr war meine Leh-re in Meschede zu Ende. Ich blieb noch ein paar Wochen beim Lehrmeister und habe jetzt einen Monat lang bei meinem Prü-fungsmeister in Arnsberg praktiziert."

„Dann hast du das harte Wanderleben ja noch gar nicht richtig kennengelernt."

„Nein, bislang lief es gut, aber ich habe schon von schlechten Erfahrungen gehört. Früher soll es ja noch schlimmer gewesen sein."

„Es kann dich immer noch hart treffen, besonders, wenn du keine Kontaktadressen über Arbeitervereine oder über einen Gesel-lenverein hast."

„Darum bin ich auch Mitglied im *Katholi-schen Wandergesellenverein zu Meschede*."

„Na, ja, das ist ja wenigstens etwas. Aber ihr streikt ja nicht. Heutzutage muss man sich für die Arbeiterrechte aktiv einsetzen, viele Arbeitgeber sind groß und mächtig, die denken nur an ihren Profit und beuten die Arbeiter aus."

„Ja, das habe ich schon gehört und gelesen, aber Handwerksmeister müssen sehr um ihr Auskommen kämpfen, denen geht es häufig auch nicht viel besser als ihren Gesellen."

„Mag sein, lassen wir das fürs Erste. Es ist so ein schöner Tag; genießen wir den Wald und die herrlichen Ausblicke."

Es wurde still. Nur gelegentlich hörten sie einen Eichelhäher, eine Drossel oder einen Kuckuck rufen, oder es klopfte irgendwo ein Specht. Auf einer Lichtung machten sie Rast und verzehrten gemeinsam Antons Reiseproviant, bevor sie weiterzogen. Nach einer Weile summte Berthold eine Melodie. Als unser Malergeselle leise anfing:

„Was noch frisch und jung an Jahren, das geht jetzt auf Wanderschaft … ", da stimmte Berthold ein und wechselte am Ende des Liedes auf:

„Schön ist die Welt, drum Brüder lasst uns reisen, wohl in die weite Welt, wohl in die weite Welt, … " Nach:

„Wem Gott will rechte Gunst erweisen, den schickt er in die weite Welt, dem will er seine Wunder weisen in Berg und Wald und Strom und Feld" ließen sie es erst einmal

gut sein und schritten schweigend zügig weiter.

„Du Anton, ich bin gelernter Glasbläser wie meine Vorfahren, gleich nach Beendigung meiner Lehre habe ich einen Streik initiiert. Man hat mich hinausgeworfen und mir gesagt, als Glasbläser wirst du nie wieder Arbeit finden. Hat auch nicht mehr geklappt. Vermutlich stehe ich auf einer schwarzen Liste. Zuletzt habe ich auf der Baustelle der Henne-Talsperre geschuftet, davor als Anstreicher beim Bau der Wuppertaler-Schwebebahn", brach Berthold später das Schweigen. Hinterfragend meinte Anton:

„Bist du sicher, dass es so eine schwarze Liste gibt?"

„Ja, das hat mir ein Betriebsleiter unter vier Augen gesagt. Trotzdem, das Leben geht weiter. „Aber hier steh ich, bin munter und fröhlich, schau in den Himmel mit meinem Gesicht."

„Du bist trotzdem sehr zuversichtlich."

„Ja, ich bin Gewerkschaftler und vertraue auf die Solidarität der Kollegen."
Inzwischen näherten sie sich Fröndenberg. Zum Abschied verabredeten sie ihr nächstes Treffen für den kommenden Sonntag am frühen Nachmittag auf dem Marktplatz.

So kam es auch, und sie hatten einander viel zu erzählen. Zunächst schlenderten sie hinunter an das Ufer der Ruhr und suchten sich einen ruhigen Platz. Dort griff Anton in die Innentasche seiner Joppe, zog eine kleine Pappschachtel mit Zigarillos heraus und bot seinem neuen Bekannten einen Zigarillo an. Mit den Worten:

„Danke, ich bin Nichtraucher", lehnte der allerdings ab.

„Aber du hast doch nichts dagegen, wenn ich mir einen anzünde?"

Durch ein Kopfnicken erhielt er die Zustimmung, sog den Rauch ein, um ihn Kringel blasend genüsslich auszustoßen. Dann erzählte er, dass es gut gelaufen sei. Er habe schnell eine Anstellung gefunden, und sein Meister habe ein volles Auftragsbuch. Umfangreiche Arbeiten sollten auch in der Stiftskirche ausgeführt werden. So stünden noch Innenarbeiten in dem gerade neu erstellten Turm an.

„Das ist der aus Quadern von Ruhr-Sandstein erbaute Turm, den du da hinten siehst. Die Kirche gehört übrigens dem preußischen Staat und ist eine Simultankirche. Sie wird sowohl von den Evangelischen, als auch von den Katholiken benutzt. Heute war ich erstmalig in einem evangelischen Gottesdienst. Die Liturgie ist bei denen viel einfacher, die Predigt war in Ordnung. – Aber nun zu dir, wie lief es bei dir?"

„Nicht ganz so gut. Ende der Woche muss ich wieder weiter. Ich werde Richtung Hamburg ziehen, dort sind seit 1890 alle Arbeitszweige gewerkschaftlich organisiert; allerdings gibt es da auch mächtige Arbeitgeberverbände. Auf dem Weg dorthin versuche ich es vielleicht im Frühjahr eine Saison lang als Ziegler. Die lippischen Ziegler arbeiteten im Gruppenakkord. Gemäß Absprache erhält die Gruppe einen festen Betrag für 1000 gut gebackene Ziegel. Davon werden die Ausgaben für Kost und Logis abgezogen. Der Rest wird an die fünf bis acht Mitglieder der Kommune ausbezahlt. Das ist eine Knochenarbeit und sauer verdientes Brot, kann ich dir sagen. Aber man kann auf einen ganz ordentliche Lohn kommen, wenn die Gruppe gut zusammenarbeitet. Allerdings mechanisieren die Betriebe in letzter Zeit immer mehr, dann wird Zeitlohn bezahlt. Anton, du musst wissen, ich habe gelernt, von der Hand in den Mund zu leben."

„Ja, die Priester zitieren gern den Satz: *Sehet die Vöglein unter dem Himmel, sie säen nicht, sie ernten nicht, und Gott ernährt sie doch*."

„Aber die Prediger sagen nicht, wie mühsam die Vögel hinter jeder Krume her sind."

„Richtig!"

Die Septembersonne neigte sich schon ein

135

wenig dem Horizont zu. Berthold nahm das *Sozialdemokratische Liederbuch* aus seinem Wanderbündel.

„Hier *Lederfreund*", sagte er mit einem Lächeln, „das ist für dich – hauptsächlich dafür, dass du dich von der Todesmut verherrlichenden sechsten und siebten Strophe bei Schenkendorf distanzierst. Das gilt übrigens auch für Schlegels fünfte Strophe. – Ich weiß, wo ich ein neues Buch bekomme."

Unser Malergeselle nahm es dankend, neuierig und gern entgegen:

„Dafür nimm bitte die restlichen Zigarillos, du kannst sie ja vertauschen oder verschenken", erwiderte er.

Sie tauschten noch Adressen aus, über die sie in Kontakt bleiben konnten. Dann gingen sie gemeinsam zum Marktplatz zurück. Mit inniger Umarmung trennten sie sich mit einem knappen: „Mach es gut!"

Sie wussten, es war nur eine kurze Begegnung, aber sie trafen sich als Fremde, sie gingen als Freunde.

***

Bismarckturm bei Fröndenberg

Für Anton waren die Monate Juli und August 1903 in Fröndenberg eine gute Zeit. Die anstehenden Arbeiten gingen ihm flott von der Hand, und sonntags erschloss er sich auf kürzeren und längeren Spaziergängen seine neue Umgebung. Das begann gleich am folgenden Sonntag mit dem Gottesdienst in der vor acht Jahren fertiggestellten katholischen Marienkirche. Sie wurde nach Plänen des Bonner Architekten Franz Langenberg im neugotischen Stil erbaut, um der wachsenden katholischen Bevölkerung eine eigene Pfarrkirche zu geben und symbolisiert auch deutlich den erfolgreich ausgefochtenen Kulturkampf in den vergangenen Jahrzehnten, erfuhr er dort.

Ein anderes Mal wanderte er zur Dellwiger Kirche, die als romanische Wehrkirche erbaut wurde. Ihr Turm stammt vermutlich noch aus dem 11. Jahrhundert, der achtseitige Helm wurde 1722 aufgesetzt, und ihre kreuzförmige Erweiterung erhielt sie erst 1872. Auf dem angrenzenden Friedhof fand er die Gräber von vier Kindern des evangelischen Pastors Bodelschwingh, die 1869 innerhalb von zwölf Tagen an Diphtherie verstarben. Aus Gesprächen mit anderen Friedhofsbesuchern vernahm er, dass Bodelschwingh seit 1872 Leiter der *Anstalt für Epileptische* in Bethel bei Bielefeld und seit November 1900 auch Mitglied im Preußschen Landtag war. Eine weitere sonntägliche Erkundung führte zur evangelischen Dorfkirche in Bausenhagen. Die kleine, trutzige Kirche auf der höchsten Erhebung des Ortes stammt vermutlich aus dem 12. Jahrhundert. Im Innern bewunderte Anton die romanische Christusdarstellung als Halbfigurenbild aus der gleichen Zeit. Als Wehrkirche bot sie den Menschen nicht nur Raum zum Gebet, sondern auch Schutz bei Fehden, dachte er sich. Mehrmals bestieg Anton den Bismarckturm in Fröndenberg-Strickherdicke. Bei guter Wetterlage konnte er von hier gleich drei verschiedene Kulturlandschaften sehen; bis ins nordöstliche Ruhrgebiet, das Münster- und das Sauerland reichte sein Blick. Der fast 20 m hohe Turm auf der 214 m hohen Wilhelmshöhe stand hier erst seit drei Jahren. Für die Politik Bismarcks (früher Kulturkampf – dann Sozialistengesetz) empfand unser Malergeselle zwar Ablehnung, der Turm und die Aussicht aber begeisterten ihn.

Ein anderes seiner sonntäglichen Lieblingsziele war Langschede mit seinem kleinen Hafen an der Ruhr, in dem gelegentlich noch Getreide und Salz verladen wurden. Es gab noch einen Flussschiffer, der den Ort von Zeit zu Zeit mit seiner Aak ansteuerte. Auf der Ruhr waren zwischen 1776 und 1780 Schleusen gebaut worden. Die Ruhraaken waren mit einer Länge von ca. 34 m und einer Breite von 5 m daran angepasst. Diese Plattbodenschiffe hatten einen Tiefgang von 0,8 m und einen legbaren Mast. Ruhraufwärts wurden die Ruhraaken getreidelt, d. h. sie wurden, von am Ufer laufenden Pferdegespannen mit Hilfe von langen Leinen gezogen. Ruhrabwärts ging es meist nur mit der Strömung. Die Besatzung bestand neben dem Kapitän aus Vordermann, zwei Ruderknechten und dem Steuermann .

Hier in Langschede träumte Anton davon, auf so einem Kahn mitzufahren. Da würde er zwar arbeiten müssen, sähe die Uferlandschaft aber ganz aus der Nähe; er stellte sich das sehr romantisch vor.

***

Der Eigner einer Ruhraak suchte für die übernächste Talfahrt noch einen Hilfsmann. Das war in der nächsten Woche, da könnte er mitfahren, allerdings ohne Papierkram. Probieren kann ich das ja mal, dachte Anton. Im Malerbetrieb fragten jetzt ohnehin ständig Wandergesellen nach Arbeit. So kam ein Wechsel sehr gelegen, und Anton wurde vorerst Flussschiffer. Das war aber nur eine Episode. Unser Romantiker musste feststellen, dass er gar nicht verträumt in die Landschaft schauen konnte, dafür erforderte die Arbeit – zumindest für einen Anfänger – zu viel Aufmerksamkeit. Als Erstes musste er im Takt mit dem Rudergänger auf den anderen Seite der Aak arbeiten, damit der Kahn gerade fuhr, dann war stets der Bug im Blick zu halten, um ihn gegebenenfalls noch zur Seite zu drücken, wenn das Wasser zu flach wurde oder das Ufergebüsch zu nahe kam.

Einmal musst ihm der Vordermann sogar zurufen:

„Achtung Ast! Bei so was ist dein Augenlicht in Gefahr."

Nach und nach kam unserem Malergesellen die Landschaft, vom Fluss aus gesehen, auch langweilig vor. Das Bild wechselte eigentlich nur zwischen Auwald und Wiesen. Nach Stunden erreichten sie ihr Ziel, Herdecke, wo sie an der Ufermauer festmachten. Ein Fuhrwerk wartete schon, und sie entluden noch die Hälfte ihrer Fracht, bis die Dämmerung einsetzte.

„So, nun haben wir uns eine Mahlzeit verdient", sagte der Schiffer, „aber erst müssen wir Feuer machen und kochen."

Eine Handvoll Findlinge entnahm er der Bilge, legte sie als kleinen Kreis auf die Kaimauer, zog ein eisernes Dreibein, einen gusseisernen Topf, einige trockene Zweige und drei Holzscheite hervor, drückte dem neuen Schiffsgast zum Wasserholen vom Stadtbrunnen eine Zinkkanne in die Hand.

141

Ruhraak

Nach Rückkehr füllte er Wasser in den gusseisernen Topf, hängte ihn in das Dreibein über den vorbereiteten Feuerplatz und entzündete das bereit gelegte Brennmaterial.

„Bis das Wasser kocht, kannst noch Brennholz im Auwald suchen", beauftragte der Kapitän seinen Mitfahrer. Als der zurückkehrte, war schon Tee in den Blechbechern aufgegossen. Es kochten reichlich Pellkartoffeln im Topf, in einer Pfanne lagen geschnittene Äpfel und Zwiebeln bereit. Sogar Speckstücke und Scheiben von Blutwurst entdeckte Anton in der Pfanne. Es gab *Himmel und Erde,* allerdings leicht abgewandelt, denn Milch hatten sie nicht. Deshalb ersetzten die Pellkartoffeln den Kartoffelbrei. Das Kochwasser war nicht weggeschüttet worden. Das diente nach der Mahlzeit als Abwaschwasser für die blecherne Essschüssel und den eigenen Löffel, den jeder mit sich führte. Zum Tagesabschluss gönnte sich Anton noch einen halben Zigarillo. Die ausgedrückte Hälfte verwahrte er für den nächsten Tag.

Ohne Worte gab der Schiffsführer seinem neuen Gehilfen dann zwei Jutesäcke. Schlafplatz war der Schiffsboden. Einen der Jutesäcke legte Anton ans Kopfende, entnahm die Ersatzkleidung seiner Tasche, um dem Oberkörper eine etwas weichere Unterlage zu verschaffen. Die fast leere Tasche benutzte er als Kopfkissen, die Socken zog er von den Füßen, um sie über Nacht wieder trocken zu bekommen, steckte die Beine in den zweiten Sack und deckte sich mit seiner Joppe zu. Der Schiffsführer richtete sich in seiner Kajüte komfortabler ein, hatte aber vorher ein beschichtetes Baumwollgewebe über die Mannschaftsschlafplätze gespannt, so dass eine *Hundekoje* entstand.

„Hab ich mir erst kürzlich geleistet. Wasserabweisendes Gewebe gibt es bei uns noch nicht lange. Dieses mit Kautschuk beschichtete Zeug hat der Schotte Mackingtosh erst 1823 erfunden; es wurde dort anfänglich für Soldatenkleidung verwendet", erklärte der Kahneigner; dann wünschte er *Gute Nacht*. Bis zum Einschlafen war jeder mit seinen Gedanken beschäftigt.

Schon vor dem ersten Hahnenschrei erwachte Anton wie gerädert. Vorsichtig wand er sich aus seiner Hundekoje, wankte in den Auwald seiner Notdurft wegen, anschließend ging er zum Brunnen des Städtchens, um sich zu waschen. Kernseife und einen Bimsstein hatte er immer in der Kitteltasche. Die ersten Marktbeschicker rückten gerade an, so konnte er sich seine Blechkanne mit Buttermilch füllen lassen. Zurück am Lastkahn goss er davon in jeden Becher der Besatzung. Die Becher wurden mit Haferflocken aufgefüllt, damals ein übliches Frühstück. Ein Fuhrwerk hielt beim Boot, sie löschten den Rest ihrer Fracht. Der Kahn musste zurück ruhraufwärts getreidelt werden; das war jedoch nicht Antons Sache, sein Blick war vorwärts gerichtet. So raffte er seine sieben Sachen zusammen und verabschiedete sich mit Dank und guten Wünschen. Erstmals hatte er einen Tag lang *Hand gegen Koje* gearbeitet.

Nun suchte er sich einen stillen Platz, kramte sein schwarzes Notizbuch hervor und blätterte nach Information zu Herdecke. Er fand einen passenden Vermerk. Das interessante Städtchen hat eine alte evangelische und eine katholische Kirche, große Sandsteinbrüche, mehrere Fabriken und ca. 4500 meist evangelische Einwohner. Leider entdeckte er keinen Namen eines Malereibetriebes. So entschied er sich, die Mittagsmesse zu besuchen und nach dem Gottesdienst die einheimischen Kirchenbesucher zu befragen. Das klappte auch sehr gut. Ein Stück weiter flussabwärts sollte er die Ruhr überqueren und an der Volme stromauf gehen. In Haspe bei Maler Ludolf hätte er wohl eine Chance. Der Tipp passte. Der Meister ließ sich Gesellenbrief und Arbeitspapiere zeigen, hatte für die nächsten Wochen Arbeit und, wenn das Wetter weiterhin Außenarbeiten zuließe, könne er vielleicht länger bleiben. Der Betrieb bediente

Privat- und Geschäftskunden und führte Innen- wie Außenarbeiten durch. So konnten kurze Schlechtwetterperioden gut überbrückt werden. Durch die verschiedenen Arbeitsstellen lernte Anton den Ort schnell kennen, und auch für sonntägliche Erkundungen gab es interessante Ziele. Gleich am ersten Sonntagnachmittag ging er auf den Kaisberg. Dort stand zu Ehren von *Freiherr vom Stein* ein Aussichtsturm. Der Blick von oben vermittelte ihm einen guten Eindruck von der Struktur der Stadt und den bedeutenden Verkehrswegen. Hier schnitten sich die großen Handelsstraßen zwischen **Köln** und Weserraum sowie **Sieger- und Münster**land.

***

Ruhrtal-Viadukt

Begegnung und Veränderung

Am darauffolgenden Sonntag meldete sich unser Malergeselle sogar bei Frau Meisterin für das Mittagessen ab; nach dem Hochamt wolle er die Umgebung erwandern und komme erst zum Abendessen zurück. Sie bestrich zwei Scheiben Brot mit Butter, belegte die mit Käse, klappte die Scheiben aufeinander, wickelte sie in Zeitungspapier, legte einen Apfel darauf und wünschte ihm eine guten Tag.

Es wurde nicht nur ein guter, sondern auch ein langer und anstrengender Tag. Nach dem Gottesdienst in Herdecke wanderte Anton zunächst die Ruhr flussaufwärts bis zum Syberg mit der geschichtsträchtigen Burgruine und dem vor zwei Jahren fertiggestellten Kaiser-Wilhelm-Denkmal. Am Fuße des Berges passierte er die Talstation der vor einem Jahr errichteten Seilbahn, die im Gegenverkehr betrieben wurde. Auf einer Länge von 487 m überwand sie einen Höhenunterschied von 93 m mit der Hilfe von zwei Gleichstrommotoren. Anton machte den Weg zu Fuß. Oben angekommen, ließ er sich von Ruine und Denkmal beeindrucken und aß sein Vesperbrot. Auf dem ufernahen Rückweg gönnte er sich in Sichtweite des Ruhrtal-Viadukts noch einmal eine Pause auf einer Sitzbank. Mit 12

Bögen, die jeweils 20 m Spannweite haben, überwindet der Viadukt hier bei Herdecke das Ruhrtal in 30 m Höhe auf einer Länge von 313 m.

Anton, gedanklich noch ganz im Wanderschritt, hörte Wanderlieder in seinem Kopf erklingen, die nun zu *Freiheit, die ich meine* … wechselten; was bei ihm die Frage aufwarf:

„Wie lautete eigentlich korrekt die vierte Strophe, die Berthold vor Fröndenberg gesungen hatte."

Der Gedanke wurde bohrender, und um ihn zu verdrängen, griff unser Malergeselle in seinen Brotbeutel und zog das *Sozialdemokratische Liederbuch* hervor, schlug die Seite 36 auf und rezitiert halblaut:

„Wo der Freiheit Flamme sich in ein Herz gesenkt,

das am alten Stamme treu und liebend hängt;

wo sich Männer finden, die für Ehr' und Recht

mutig sich verbinden, weilt ein frei Geschlecht."

„Tach auch, Genosse, ist doch gestattet", hörte er einen älteren Herrn sagen, der ihm freundlich die Hand entgegenstreckte.

„Wünsche auch einen schönen Tag, ich bin jedoch kein Parteimitglied", war seine Antwort.

„Dann aber Gewerkschaftler, auch gut", ergänzte Ersterer.

„Nein, ich bin nur Mitglied im Katholischen Gesellenverein", erwiderte der Angesprochene.

„Donnerwetter! Aber wie kommst du zu dem Liederbuch. Kannst übrigens auch du sagen. Ich bin Hermann."

„Ich heiße Anton, und das hat mir ein gut meinender Mensch gegeben, der wirklich Genosse ist. Dieser Text passe besser in die Welt, sagte er zu mir."

„Interessant, dann können wir ja noch über manches reden."

Anton ließ sein Liederbuch wieder in den Brotbeutel gleiten und bekundete Zustimmung. Es entwickelte sich ein intensiver Dialog. Zunächst stellten sie fest, dass es wichtig ist, Teil einer Gemeinschaft zu sein. Das gibt Halt und schützt vor Vereinsamung. Dann kamen sie allgemein auf wirtschaftliche und soziale Themen.

„Deutschland hat in den letzten Jahren einen wirtschaftlichen Aufschwung erlebt und auch auf sozialem Gebiet ist einiges erreicht worden, aber man muss aufpassen, dass die arbeitende Bevölkerung weiterhin am Wachstum beteiligt wird", meinte der Ältere.

„Ja, im Großen und Ganzen kann man zufrieden sein", meinte Anton.

„ Das sehe ich etwas anders", erwiderte Hermann.

„Ich arbeite hier in einem Walzwerk, da spüre ich täglich, die harten Arbeitsbedingungen und höre die Nöte der Arbeiterfamilien. Aber die Arbeiter sehen mehr und mehr ein, dass sie sich gewerkschaftlich organisieren müssen. In letzter Zeit haben wir einen deutlichen Mitgliederzuwachs. Die *Generalkommission der Gewerkschaften Deutschlands* berichtet, dass die Gewerkvereine in diesem Jahr insgesamt über eine Million Mitglieder haben. Wir treffen uns sonnabends ab sieben Uhr in der Schänke *Zum roten Hahn*, komm doch mal vorbei", ergänzte Hermann, bevor nun ein Zug donnernd über den Viadukt fuhr und das Gespräch beendete. Vorerst war das Wichtigste gesagt, und als der Lärm verklang, befanden sie, dass es Zeit für den Heimweg war. Gemeinsam strebten sie der Ruhrquerung zu. Das war am 27. September 1903.

Die nächsten schönen Herbstsonntage nutzte Anton noch für Spaziergänge, aber sobald es draußen ungemütlich wurde, ging er zum ersten Mal in die Gastwirtschaft *Zum roten Hahn*. Dunst und Dämmerlicht, Geräusche und Gelächter umströmten ihn, als als er die Tür öffnete. An allen Tischen saßen Leute und diskutierten heftig, so bestellte er sich ein Bier an der Bar – wurde

aber freundlich an einen Tisch herange-
winkt. Ab jetzt war er mitten drin, wurde
zunächst ausgefragt, woher er komme, was
er beruflich sei, und was ihn hierher führe.
Nachdem er die Begegnung mit Hermann
erwähnt hatte, war er als Einer der ihren
akzeptiert. Ihren Erfahrungsvorsprung
machten sie in Folge dennoch deutlich. Nun
setzte die lebhafte Diskussion wieder ein.
Hauptsächlich ging es um die großen Forderungen der französischen Revolution, um
Freiheit, Gleichheit und *Brüderlichkeit* und
was die, hier und heute noch, zu bewirken
hätten. Da flogen Parolen, Phrasen, Be-
kenntnisse, Bemerkungen oder auch nur
Wortfetzen durch den Raum wie:

„Von wegen Freiheit, wir spüren noch
immer die Knute des Arbeitgebers."

„Wechsel doch!"

„Geht nicht, dann verliere ich meine be-
scheidene Werkswohnung. Wie viel mehr
soll ich denn fordern, damit meine Familie
eine eigene Wohnung oder ein eigenes Haus
bekommt. Das zahlt doch keiner."

„Oder Gleichheit!? Wir Arbeiter haben
doch nicht das gleiche Stimmrecht wie die
Hauseigentümer."

„Ja, deshalb müssen wir brüderlich für
unser Recht kämpfen!"

„Ach nee! Der brüderliche Zusammenhalt!
Es gibt doch noch zu viele Streikbrecher.

Und wie viele Gewerkschaftler sind wir? – Gerade einmal gut eine Million!"

„Wenn in diesem Monat jeder ein neues Mitglied wirbt, sind wir schon zwei Millionen."

„Schön wäre es!" Aber lasst uns erst einmal singen! Das Arbeiter-Bundeslied nach der Melodie *Schleswig-Holstein stammverwandt …* "

Alle stimmten ein:

„Bet' und arbeit' ! Ruft die Welt.
Bete kurz, denn Zeit ist Geld.
:,: An die Türe pocht die Noth,
Bete kurz! Denn Zeit ist Brot. :,:"

Bewegt sangen sie alle zwölf Strophen des Liedes von Georg Herwegh. Manche zogen das *Sozialdemokratische Liederbuch* hervor, andere kannten alle zwölf Strophen auswendig. Damit klang die Versammlung aber auch langsam aus. Unser Malergeselle war beeindruckt und hatte Verständnis für die Arbeiter und ihre Anliegen, wenngleich er seine Arbeit nicht so sehr als Abhängigkeit empfand. In seiner kleinen Arbeitsgruppe war die Stimmung eher kooperativ. Nur als er das letzte Stück Weges zu seiner Herberge ging, drängte sich auch ihm die Frage auf:

„Wie soll ich je genug verdienen, um einer Familie Unterkunft und Nahrung zu geben?" Es war nicht das erste und auch nicht das letzte Mal, dass er sich diese Frage stellte.

***

In den nächsten Wochen besuchte Anton regelmäßig sonnabends den Arbeiterverein. Meistens war auch Hermann da, der griff moderierend ein, wenn die Situation es erforderte. Soziale Belange waren vorrangig, und oft kreisten die Fragen um das Thema, was man fordern sollte und könnte, oder wo Selbsthilfe angesagt war. In einem Punkt waren sie sich einig: Sie forderten die Begrenzung der Arbeitszeit auf acht Stunden täglich; dann sollte jeder junge Arbeiter neben der Arbeit täglich acht Stunden etwas für seine Weiterbildung tun, die restlichen Stunden sollten der Erholung dienen.

An einem Tisch saßen regelmäßig junge Leute beieinander. Anton gesellte sich zu ihnen und erfuhr mehr über ihre Lebensart. Zunächst hatten sie zu viert einen Schuppen gemietet und begonnen, sich dort einzurichten. Inzwischen waren Andere hinzugekommen, der eine oder der andere war aber wieder ausgestiegen.

„Unterm Dach ist unser Schlafraum, einige Mitbewohner haben sich schon ein eigenes Bett gebaut, die Mehrzahl von ihnen schläft aber noch in dem gemeinsamen Strohlager unter der Dachschräge. Zu ebener Erde ist die Wohnküche mit einem Herd und einem langen Tisch vor einer großen Eckbank. Licht gibt eine Petroleumlampe. Tagsüber öffnen wir die obere Hälfte der zweigeteilten Tür und eine Fensteröffnung, die wir eingebaut haben. Ein Fenster gibt es noch nicht, aber eine Doppelluke", erfuhr Anton von ihnen.

Im Betrieb von Meister Ludolf lief alles seinen normalen Gang. Jetzt, in der zweiten Novemberwoche gab es jedoch eine besondere Situation. Zwei große Fassaden und die Dachüberstände sollten vor Wintereinbruch noch gestrichen werden; nasses und kaltes Wetter lag aber in der Luft. Der Meister bot seinen Gesellen einen Akkordlohn an, wenn sie bis zum Samstag fertig würden. Sie dürften dann auch früher Feierabend machen. Anton und sein Kollege nahmen die Herausforderung an. Sie schafften es und entledigten sich am späten Samstagnachmittag ihrer Bekleidung. Ihre durchschwitzten Oberkörper mussten sie erst einmal mit einem kleinen Handtuch aus ihrem Brotbeutel trockenreiben und ihre durchnässten Unterhemden so gut es ging durch kräftiges Auf- und Abschlagen leidlich trocknen. Dann verabschiedeten sie sich erschöpft aber froh – der Kollege zu seiner Familie, Anton ging zum Arbeiterwerkverein.

Der erwartete Wintereinbruch kam genau an diesem Wochenende. Anton kämpfte ge-

gen eine grippeartige Erkältung. Glückli-
cher Weise machten sie jetzt Innenarbeiten.
Die reichten jedoch nur noch für wenige
Tage; so wurden beiden Gesellen zu Ende
November gekündigt. Neue Arbeit gebe es
erst wieder bei warmen und trockenem
Wetter im Frühjahr, meinte Meister Ludolf.

Anton war deprimiert. Eine Versicherung
gegen Arbeitslosigkeit gab es damals noch
nicht. Die Gesetzgebung des Deutschen Reiches regelte nur die Kranken-, Unfall-, Inva-
liditäts- und Altersversicherung. In dieser
Situation nach Hause zu fahren und seinen
Eltern drei bis vier Monate ohne Einkünfte
auf der Tasche liegen, das wollte er keines-
falls. So schickte er seiner Familie unter der
alten Adresse noch schnell eine Weihnachtskarte einschließlich guter Wünsche für das
neue Jahr. Am Abend durchblätterte er sein
schwarzes Oktavheft zweimal von vorn nach
hinten, fand aber keinen Erfolg verspre-
chenden Eintrag; nur der Betriebsgesell-
schaft der Wuppertaler Schwebebahn
schickte er noch hoffnungsvoll seine Bewer-
bung. Es gab aber einen anderen Hinweis in
seinem Merkheft und der lautete:

„Jeder Deutsche ist wehrpflichtig und
kann sich in Ausübung dieser Pflicht nicht
vertreten lassen.

**Zum freiwilligen Eintritt befähigt das
vollendete 17. Lebensjahr."**

„In meiner jetzigen, miesen Situation ist das vielleicht die bessere Lösung. Was soll ich warten, bis sie mich im Alter von 20 Jahren regulär einberufen. Dann bin ich 23 Jahre, ehe ich wieder ein freier Mann bin", dachte Anton. Also ließ er sich für den nächsten Tag zwei Stunden freigeben, ging zum Gemeindevorsteher. Dort bat er um unverzügliche Musterung und Einberufung. Nun hieß es erst einmal abwarten.

Die jungen Leute vom Arbeiterwerkverein nahmen ihn gern in ihrem Gemeinschaftshaus auf. Am letzten Arbeitstag verabschiedete sich unser Malergeselle, er komme vor Weihnachten noch gelegentlich vorbei, um zu sehen, ob Post für ihn angekommen sei.

„Dann komm doch am 24. Dezember nach der Abendmesse zum Essen zu uns", sagte die Meisterin einladend. Anton nahm das Angebot dankend an.

„Jetzt bin ich vollends frei und auf mich gestellt; so fühlt sich also Freiheit an", ging es ihm durch den Kopf. Doch dann konzentrierte er sich auf das, was nun zu tun sei. Sein Erspartes zahlte er zunächst bei der kommunalen Sparkasse ein und behielt nur soviel im Portemonnaie, wie er für den laufenden Monat brauchen würde. Vor Tagen hatte er schon einen Schlafsack aus Nessel und einen Kopfkissenbezug erworben. In den Bezug wollte er seine Ersatz-

kleidung stopfen, wenn er künftig im Strohlager nächtigt. Die Idee stammte aus seiner
Flussschiffererfahrung. Als er am Abend bei
der Selbsthilfegruppe erschien, packte er
einen Laib Brot und eine Mettwurst als Ein-
stand auf den Tisch. Das fanden die anderen zwar nett, sagten ihm aber, er könne
sich die Auslagen von Peter erstatten lassen, der führe eine Gemeinschaftskasse und
fordere dafür wöchentlich eine Umlage ein.
Jeder Bewohner habe eine Ersteinlage von
einem Taler zu zahlen. So, das war es für
den Anfang – „Herzlich willkommen bei
uns!"

Was er befürchtet hatte, trat ein. Schon
der erste Tag ohne Arbeit wurde ihm lang,
denn nur herumsitzen, spielen und trinken
das war nicht sein Ding, lieber wanderte er
durch die Gegend. Doch dabei kreisten seine Gedanken immer um das gleiche Thema:

„Werde ich je ein eigenes Zuhause und
eine Familie haben, so wie die Leute hinter
diesen Fenstern?"

Zur Ablenkung machte er sich bei Arbeiten für die Wohngemeinschaft nützlich.
Beim gemeinsamen Abendessen schlug er
vor, in die vorhandene Öffnung gegenüber
der Tür ein richtiges Fenster einzubauen.
Wenn man die Fachwerkskonstruktion als
Rahmen nutzt, bräuchte man nur zwei
passende Fensterflügel, die Glasscheiben

und Beschläge. Das Anstreichen, Anbringen und Verkitten würde er übernehmen. Es meldete sich auch ein Mitbewohner:

„Wenn er vom Schreiner cirka zehn laufende Meter Vierkantholz mit Nut besorgt, kann ich die von Längen schneiden und auf meiner Arbeitsstelle nach Feierabend zu zwei Flügeln verzapfen."

Sie beschlossen, das Material über eine Umlage zu beschaffen, und der Neue sollte sich um alles kümmern. Tatsächlich reichte das Vierkantholz sogar für einen Mittelpfosten, eine Anschlagleiste fand sich auch noch. Am dritten Sonntag im Advent waren die beiden Fensterflügel gestrichen, verglast und montiert. Nur schade, es wurde den ganzen Tag über nicht richtig hell.

Am Heiligen Abend folgte Anton der erhaltenen Einladung zum Abendessen. Es blieb natürlich nicht aus, dass er von der neuen Unterkunft und seiner Wohngemeinschaft erzählen musste. Frau Meisterin akzeptierte das als eine pragmatische Lösung. Sein ehemaliger Arbeitgeber vernahm es mit Unbehagen und Ablehnung. Auf einer Glückwunschkarte zum neuen Jahr an Antons Eltern vermerkte er später sogar wie beiläufig, dass Anton nun in einer Arbeiter-WG lebt. Nur die Tatsache, dass sich sein bisheriger Geselle freiwillig zur vorzeitigen Ableistung der Militärpflicht entschlossen hatte, gefiel ihm. Anton spürte, dass die Stimmung auf der Kippe gestanden hatte; mit der Bemerkung, er wolle noch ein wenig durch den stillen Abend gehen, verabschiedete er sich dankend, sobald es ihm passend erschien.

Noch vor Weihnachten kam von der Schwebebahn-Betriebsgesellschaft eine abschlägige Antwort. Die Preußische Verwaltung aber arbeitete vorbildlich. Schon in der ersten Dezemberhälfte schickte sie Anton einen Termin für die Musterung und nach Weihnachten den Gestellungsbefehl. Am 1. Januar 1904 habe er sich in der Kaserne in Iserlohn zur Ableistung seiner dreijährigen Militärpflicht einzufinden. Das weckte bei ihm zwar keine Begeisterung, in seiner Situation war es aber eine Lösung. Vor dem Einschlafen dachte er an diesem Tag sogar vergnügt an die Sedan-Gedenkfeier und die Schlacht mit dem Nationalpudding.

***

Kommt Zeit, kommt Rat

Über seine Rekrutenzeit hat Anton später in seiner Familie nur wenig gesprochen. In anderem Zusammenhang fielen aber schon mal die Wörter: *Himmelfahrtskommando* oder *Gegen Demokraten helfen nur Soldaten.* Das deutet darauf hin, dass die Geschehnisse vom Himmelfahrtstag des Jahres 1849 damals in Iserlohn noch kolportiert wurden. Dem heutigen Leser sei hier das Wichtigste in Kürze mitgeteilt:

Der preußische König schrieb am 7. Mai 1849 in einem Brief an seinen Gesandten in London: „Gegen Demokraten helfen nur Soldaten."

Er beabsichtigte, wehrpflichtige Bürger gegen revolutionäre Demokraten einzusetzen. Dagegen wurde zur Verweigerung aufgerufen. In Iserlohn konnte eine Gruppe von Arbeitern unter Clemens Vollmer am 10. Mai das Zeughaus stürmen. Die angesetzte militärische Einkleidung der Landwehr war damit beendet. Hier verfügten die Aufständischen nun über die Landwehrwaffen. Es folgten Barrikadenbau und Rathausbesetzung. Abgesandte forderten beim Oberpräsidenten in Münster die Rücknahme der Einberufung, es solle kein Militär gegen die Stadt eingesetzt werden, und Amnestie für die Aufständischen. Die Delegation war erfolglos, es gab aber zunächst Unterstützung von außen, und in der städtischen Vollversammlung wurde zusätzlich die *Annahme der Reichsverfassung* beschlossen. Die Obrigkeit forderte ultimativ die Niederlegung der Waffen. Die Unterstützung von außen bröckelte. Am 17. Mai 1849, dem Festtag Christi Himmelfahrt, marschierten preußische Linientruppen nahezu widerstandslos in Iserlohn ein. Nach einem tödlichen Schuss auf den anführenden Oberstleutnant Schrötter kam es jedoch zu einem Massaker, das mit über 100 toten Iserlohnern endete.

Einen jungen Militärpflichtigen wie Anton, der kurz vorher noch Werktätiger war, muss diese Tragödie innerlich sehr berührt haben.

Anton war ein angepasster und konfliktscheuer Mensch. In den drei Jahren seiner Militärzeit *kuierten* die Rekruten viel und lang. Da wandelte sich sein bisheriges unbefangenes Verhalten gegenüber Autoritäten langsam in eine distanziertere und kritischere Sicht.

***

Der Neustart

Drei Jahre Militärdienst sind eine lange Zeit, sie schleifen ein, was beim Rekruten als Anlage vorhanden ist. Bei Anton dominierten Ordnungsliebe und Selbstdisziplin. In den letzten Wochen seiner Militärzeit suchte er in jeder greifbaren Zeitung nach Hinweisen auf Arbeitsmöglichkeiten und hörte sich auch bei den Kameraden um. Mit dem Artilleristen Janke lag er persönlich und weltanschaulich auf einer Wellenlänge; so freundeten sie sich schon an, bevor sie ihre Heimatadressen kannten. Als Heinz Janke dann erwähnte, dass er aus Wuppertal komme, bekundete Anton, wie sehr er sich wünsche, die Stadt und die Schwebebahn kennenzulernen.

„Nach unserer Entlassung musst du uns unbedingt besuchen und ein paar Tage bleiben", meinte Heinz daraufhin.

Je mehr sich der Tag der Entlassung näherte, um so mehr plante Anton sein künftiges Privatleben. Er bereitete sich auch darauf vor, kleinere Aufträge *gegen bar* oder *Naturalien* ausführen zu können, wenn er wieder auf Wanderschaft sein würde. Dazu kaufte er das Nötigste ein, und zwar Kreide, mehrere Pinsel, drei kleine, verschraubbare Dosen mit Farbpigmenten in rot, gelb und blau, eine steinerne Anreibeplatte, einen

163

Glasläufer, ein Palettmesser sowie je einen Viertelliter Terpentin und Balsam-Terpentinöl. Das Bindemittel Leinöl erwarb er vorerst nicht, das würde ihn nur unnötig belasten, es würde wohl überall verfügbar sein. Aber ein Klumpen Kitt in einer Blechschachtel gehörte zu seiner Ausrüstung. Sein privater Brotbeutel und die Ledertasche samt seiner privaten Habe lagen noch immer griffbereit im Spind.

Am Tage der Auskleidung bekamen die Rekruten einen Laufzettel, auf dem vermerkt wurde, was sie wo abzugeben hätten (Wäscherei, Kleiderkammer, Waffenkammer und Ausrüstung). Als alles erledigt war, ging Anton zum Spieß und ließ sich eine Militärfahrkarte nach Meschede ausstellen.

In Enste angekommen, musste er mit der ehemaligen Knechtekammer vorlieb nehmen, denn Juliane hatte ihr ehemals gemeinsames Kinderzimmer inzwischen nach ihren Bedürfnissen eingerichtet. Sein Bett hatte sie abgebaut und auf den Platz einen Sekretär gestellt. Unser frisch entlassener Rekrut verstand das zwar, emotional fühlte er sich auch als Teil der Familie, als Teil der Hausgemeinschaft aber nicht mehr, was wohl stimmte. Sein Vater trug ihm nach, dass er sich vorübergehend dem Arbeiterwerkverein angeschlossen hatte. So etwas tue man als Handwerker nicht, meinte er.

Anton bekundete auch für die eine und andere Forderung der Gewerkschaften Verständnis, das kam bei seinem Vater ebenfalls nicht gut an. Lisette jammerte, die Wirtschaft bringe mehr Arbeit als Verdienst, und ohne Juliane könnten sie das Anwesen nicht halten. Juliane meinte:

„Du und dein Halbruder Franz – ihr habt es gut. Franz hat in Meschede sein eigenes Fuhrgeschäft und du ziehst frei durch die Welt, während ich mit 25 Jahren hier zur alten Jungfer werde."

Insgesamt empfand der Heimgekehrte die Stimmung eher bemüht denn unbefangen freundlich; so entschloss er sich, gleich am nächsten Tag weiterzuziehen. Von seiner Mutter mit der bekannten Wegzehrung versorgt, von allen mit Glück- und Segenswünschen ausgestattet, ging er schnurstracks zum Bahnhof nach Meschede. Dort löste er ein Billett für eine einfache Fahrt bis Wuppertal-Hauptbahnhof. Diesmal reute ihn sein mühsam Erspartes nicht. Wuppertal erreichte er am späten Nachmittag und begab sich sofort nach Katernberg zur Wohnung seines ehemaligen Kameraden. Dessen Eltern öffneten ihm, hießen ihn herzlich willkommen und baten ihn, in der Wohnküche auf der Eckbank Platz zu nehmen. Bei einer Tasse Tee könne er hier auf Heinz warten, der sicher bald zurück sei. Der kam auch nach kurzer Zeit, nun gab es Abendessen, dann *kuierten* alle vier noch lange beim Schein einer Petroleumlampe, denn ein Stromnetz für private Haushalte gab es hier noch nicht. Spät wiesen sie Anton das Sofa als Schlafplatz zu. Der kramte seinen Schlafsack hervor, denn er wollte seinen Gastgebern keine unnötige Arbeit bereiten. Das kam auch gut an. Anderntags schritt Anton früh an die Schwebebahn und gönnte sich die langersehnte Fahrt bis zur Endstation in Vohwinkel. Ein wohliges Gefühl durchströmte ihn, als er dort von oben in die enge Kaiserstraße hinunterblickte. Seine Ledertasche lag wohlverwahrt im Hause seiner Gastgeber, aber im Brotbeutel trug er die Sammlung der *Briefe aus Wuppertal* von Engels mit sich. Er hatte darauf geachtet, dass niemand zusah, als er sie einsteckte, denn er verspürte keinerlei Neigung, mit irgendjemand darüber zu diskutieren.

Die Druckschrift war natürlich kein Reiseführer. Der die Gegend beschreibende Anfangstext sollte den Leser nur auf die dortigen Gegebenheiten einstimmen. So viele Bücher wie heute hatte man nicht, und besonders für den heutigen Tag hatte er die Broschüre die ganze Zeit verwahrt. Nun wollte er auch auf den Spuren des Autors wandeln und versuchen, die eine oder anderer Beschreibung nachzuvollziehen.

Auf Engels Wegen

In dem Ort, der damals immerhin schon 13.000 Einwohner hatte, ließ sich Anton zunächst den Weg zum Sonnborner Ufer zeigen. Wie beschrieben, kroch hier die Wupper träg und verschlammt vorbei und zeigte auch die erwähnte rote Farbe, verursacht von den vielen Türkischrot-Färbereien. Unser Ausflügler fand einen geeigneten Platz, um das Gesehene mit dem Beschriebenen zu vergleichen. Halblaut las er sich selber vor:

„Die Gegend ist ziemlich anmutig; die nicht sehr hohen, bald sanft steigenden, bald schroffen Berge, über und über waldig, treten keck in die grünen Wiesen hinein, und bei schönem Wetter lässt der blaue, in der Wupper sich spiegelnde Himmel ihre rote Farbe ganz verschwinden. Nach einer Biegung um einen Abhang sieht man die verschrobenen Türme Elberfelds (die demütigen Häuser verstecken sich hinter den Gärten) dicht vor sich, und in wenigen Minuten ist das Zion der Obskuranten erreicht. Fast noch außerhalb der Stadt stößt man auf die katholische Kirche." [1]

„Ja, so ist es auch heute noch, da vorn sehe ich die Kirche", sagte er zu sich selbst, packte ein und ging weiter. Bald durchschritt er die engen Gassen Elberfelds und erreichte wieder die Wupper. Erneut schlug er seine Broschüre auf und las halblaut:

„Eine schöne Brücke zeigt, dass man nach Barmen kommt, wo wenigstens auf architektonische Schönheit mehr gegeben wird. Sowie die Brücke passiert ist, nimmt alles einen freundlicheren Charakter an; große, massive Häuser in geschmackvoller, moderner Bauart vertreten die Stelle jener mittelmäßigen Elberfelder Gebäude, die weder altmodisch noch modern, weder schön noch karikiert sind; überall entstehen neue, steinerne Häuser, das Pflaster hört auf, und ein gerader chaussierter Weg, an beiden Seiten bebaut, setzt die Straße fort. Zwischen den Häusern sieht man auf die grünen Bleichen; die hier noch klare Wupper, und die sich dicht heran drängenden Berge ... " [2]

Anton sinnierte über das Bleichen. Damals hatte hier sicher mehr weißes Zeug auf den grünen Wiesen gelegen, denn immer mehr Leinen und Baumwolltuche wurden mit chemischen Mitteln gebleicht, das verkürzte den Bleichvorgang und damit die Verweilzeit auf dem Rasen. Dann konzentrierte er sich wieder auf eine Stelle im Text:

„Halbweg der Allee sieht man gegen die Fronte der etwas zurückliegenden Unterbarmer Kirche; sie ist das schönste Gebäude des Tals, im edelsten byzantinischen Stil sehr gut ausgeführt. Bald aber tritt das

Pflaster wieder ein, die grauen Schieferhäuser drängen sich eins an das andre; doch herrscht hier weit mehr Abwechselung als in Elberfeld … " [3] der Autor kam seinem eigentlichen Thema näher, indem er die vielen lutherischen Teilorte Wuppertals aufzählte. Die zwei- bis dreitausend Katholiken sind im ganzen Tal verteilt. Daran wurde Anton erneut erinnert, denn er las den Text ja nicht zum ersten Mal. Seine Augen überflogen noch den nächsten Satz:

„Nachdem der Durchreisende nun Rittershausen passiert hat, verlässt er am Ende der Welt das Bergische und tritt durch den Schlagbaum in das altpreußische, westfälische Gebiet ein." [4]

1-4   Engels: Briefe aus Wuppertal. Marx/Engels: Ausgewählte Werke, S. 9734
(vgl. MEW Bd. 1, S. 413 ff) http://www.digitalebibliothek.de/band11.htm]

Der Text war ihm nun Wegweiser genug gewesen. Er verpackte die Druckschrift wieder und versuchte, sich gedanklich von ihr zu lösen. Frei und unbeschwert wollte er nun den Tag verbringen. Das gelang ihm vorerst noch nicht. Immer wieder waren da die Überlegungen:

„Wie viele Gottesdienste muss der Verfasser besucht haben? Wie viele christliche Glaubensrichtungen und deren Ausprägungen es doch gibt. Wie genau Engels die damaligen Prediger, das soziale Umfeld und die Lebensweisen charakterisiert."

Schier zu viel drängte in Antons Kopf, ungläubig und sprachlos sah er sich als kleinen Messdiener neben manchem Prediger stehen, bis ihm Matthäus 5,3 in den Sinn kam:

„Selig sind, die da geistlich arm sind, denn ihrer ist das Himmelreich."
Ein weltlicher Gedanke ergänzte:

„Was soll's?" Sie alle predigen nicht mehr, die Zeiten haben sich sich verändert, aber eine wichtige Aussage merke dir: *„Einer scharf ausgeprägten Doktrin und ihren Konsequenzen kann man nicht entkommen, sobald die Grundlage zugegeben ist."*

Den Wink fand er nützlich, und der beruhigte Anton, unbeschwert setzte er seinen Weg bis zur Schlossstraße fort. Die Druckschrift *Briefe aus Wuppertal* hatte ihren Dienst getan. Bei passender Gelegenheit würde er sie genau so weitergeben, wie er sie erhalten hatte; das war für ihn nun beschlossene Sache. Er wandte sich wieder der Wupper zu, überquerte diese und erreichte nach gut einer Stunde die Wohnung seines Freundes – dankbar für den Sitzplatz auf der Eckbank und die beiden Tage.

Er war jetzt – im Januar 1907 – 20 Jahre alt und zum ersten Mal für zwei Tage verreist. Als Dank für die Gastfreundschaft besserte er am nächsten Vormittag an zwei Fenstern den Kitt aus und erkundigte sich anschließend bei verschiedenen Leuten nach Arbeitsmöglichkeiten. Jetzt im Winter hätte er kaum eine Chance, als Maler Arbeit zu finden, aber in Köln könnte er es versuchen, dort wurde am Dom tüchtig gebaut. Eine Nacht gönnte er sich noch hier bei den Eltern seines Freundes, mit Tagesverpflegung ausgestattet ging er dann wieder auf Wanderschaft und Broterwerb.

Sein Weg führte ihn zunächst über die Kreisstraße nach Vohwinkel. Wie lang war doch diese Strecke, die er vor zwei Tagen so schnell und leicht mit der Schwebebahn bewältigt hatte! Er ließ es sich aber nicht verdrießen und marschierte immer weiter, bis er abends vor Haan in der Scheune eines Gutshofes ein notdürftiges Nachtlager fand.

Tags darauf las er in Köln am Kolpinghaus

über dem Portal: *„Zu Gottes Ehr', der Stadt zu Nutz, der Jugend zur Lehr', dem Handwerk zum Schutz, dem Teufel zum Trutz steht's Haus nun da, für brave Burschen von fern und nah."*

Er stellte sich im Kolpighaus vor, und als Mitglied im *Katholischen Wandergesellenverein zu Meschede* wurde er auch aufgenommen. Dann erkundete er die Umgebung und fragte sich am Dom durch, bis er einen Meister fand, der hier arbeitete und ihn anstellte. Der Meister hatte nicht nur hier Arbeiten auszuführen, sondern auch sonst reichlich öffentliche und private Aufträge, und Anton kam an viele verschiedene Arbeitsstellen. Die am Dom anstehenden Restaurierungsarbeiten hatten eine Vorgeschichte:

Der Kölner Dom war zwar offiziell seit 1880 vollendet, damit waren aber nicht alle Arbeiten erledigt. Nachbesserungen, der Abbau der Gerüste und vor allem die Vollendung der Ausstattung hatten noch gut 20 Jahre gedauert. Im Jahr 1902 erklärte der damalige Dombaumeister, dass der Dombau nun endgültig abgeschlossen sei. Nach dem sonntäglichen Hochamt am 20. Mai 1906 war aber der Flügel einer Engelsfigur über dem Hauptportal heruntergefallen, daraufhin begannen die umfangreichen Restaurierungsarbeiten am Dom, die unserem Malergesellen hier Arbeit und Brot verschafften.

Von dem Lohn konnte Anton seine Verpflichtung gegenüber dem Kolpinghaus erfüllen, es blieb auch noch etwas für persönliche Bedürfnisse übrig – aber eine Familie und einen Haushalt konnte er davon immer noch nicht finanzieren. So hatte er ein offenes Ohr für die politischen und sozialen Forderungen der Gewerkschaften und der Sozialdemokratischen Partei Deutschlands (SPD), zu der er mehr und mehr den Kontakt suchte. Im Oktober 1907 näherte sich sein 21. Geburtstag. Rechtzeitig schrieb er seinen Eltern, dass er in Köln bleibe, da sein Meister noch etliche Aufträge habe, die vor Weihnachten fertig werden sollten. Daraufhin traf von zuhause ein Geburtstagspaket ein, das diesmal neben Brot, Käse und Schinken auch Blut- und Leberwurst enthielt. Das reichte für eine fröhliche Vesper nach der Abendmesse am Sonnabend, den 8. November 1907, als Nachfeier. Unter den Gästen waren auch einige seiner sozialdemokratischen Freunde, es gab aber keine ernsthaften Dispute, alle sangen nur Volks- und Trinklieder. Als sie gegangen waren, räumte Anton noch gründlich auf und wusch das Geschirr ab. Diese Routine hatte er schließlich zuhause verinnerlicht.

Ja, ein eigenes Zuhause muss ich mir selbst schaffen. Nach vier Jahren Lehre und

173

Wanderschaft, dazu drei Jahre beim Militär fühle ich mich in Enste etwas fremd, dachte er und legte sich schlafen.

Mit Berthold Schütz hatte er von Zeit zu Zeit korrespondiert, was während der Militärzeit gut funktionierte, da auch Berthold inzwischen in Hamburg dauerhaft ansässig war. Aus Köln hatte Anton ihm schon berichtet. Nun, am Sonntag nach seiner Geburtstagsfeier fragte er bei Berthold an, wie denn die Arbeitsmöglichkeiten, der Verdienst und die Wohnungssituation in Hamburg sei, und ob es zweckmäßig sei, sein Glück in Hamburg zu suchen. Zwei Wochen später traf die Antwort ein.

Hamburg, im November 1907

Lieber Anton,

nur Mut, dann sehen wir uns bald wieder. Doch nun zu Deinen Fragen. Die Wohnsituation ist in Hamburg seit zwei Jahrzehnten angespannt, denn in den Jahren 1881 bis 1888 entstand hier eine Speicherstadt. Etwa 24.000 Menschen wurden dadurch in die sogenannten Vororte Hammerbrook, Eimsbüttel und

Barmbek umgesiedelt. Für die Familien der Arbeiter und Angestellten entstanden dort Massenquartiere mit Mietskasernen ohne Gärten und Grünanlagen. Aber, Du weißt ja, auch in dieser harten, steinerbauten Welt reift der Freiheit ein Feld, denn immer mehr Arbeiter erheben ihre Stimme. Jedenfalls sind die Häuser an moderne Kanalisation angeschlossen. Wie wichtig dies war, wurde bei der Choleraepidemie 1892 deutlich, die breitete sich hauptsächlich in den Gänge- und Höfevierteln der Innenstadt aus. Dort gab es über 16.000 Erkrankungen mit 8.000 Toten. Altona, das filtriertes Wasser hatte, blieb im wesentlichen verschont. Seitdem wird tüchtig saniert und neu gebaut, da fällt auch viel Malerarbeit an und für Dich sicherlich genug ab.

Überhaupt wächst die Stadt zur Zeit rapide, auch durch Zuzug. (1890 ca.

600.000, jetzt mehr als 800.000 Einwohner). Im Umland gibt es eine Redensart.

„Seht ji door dat groote Licht? Dat is Hamborg. Door mööt wi hin."

Hamburg hat nämlich seit 1845 ein Gaswerk auf dem Grasbook, und seit 1846 werden planmäßig gasbetriebene Straßenlaternen aufgestellt. Seit 1896 haben die Laternen Glühstrümpfe, werden mit Stadtgas betrieben und abends durch Laternenwarte mit langen Stangen gezündet.. Das ist wohl der Grund für den Spruch über das große Licht. Ich komme noch einmal auf die Wohnungssituation zurück. Wir wohnen hier auch sehr beengt in einer Mietskaserne. Es werden jetzt aber zunehmend sogenannte 'gut-bürgerliche' große Wohnungen gebaut. Wir werden bald umziehen.

Nun muss ich erst einmal Schluss machen und verbleibe mit herzlichen Grüßen
Dein Freund Berthold!

In seiner Erwiderung schrieb Anton, dass er im späten Frühjahr wieder auf Wanderschaft gehen wolle, sich langsam Stück für Stück an Hamburg annähern werde. Fahrgeld wolle er dafür nicht ausgeben. Wüsste auch gern, wie viel er als Malergeselle in Hamburg verdienen würde. Anfang Januar 1908 kam die Antwort.

Lieber Anton,

wir haben hier in der Vergangenheit etliche harte Arbeitskämpfe gehabt, die brachten Tariflöhne für die organisierten Arbeiter. Überhaupt sind die Arbeiterschaft und die sozialistischen Parteien erstarkt, so wurde im vergangenen Jahr hier das Gewerkschaftshaus eröffnet. Das gibt uns weiterhin Auftrieb. Wie es bei den Beschäftigten im Handwerk aussieht, kann ich Dir leider nicht sagen. Aber. wie ich Dir schon geschrieben habe, gibt es für das Handwerk reichlich Arbeit, Du kannst unbesorgt kommen.

Herzliche Grüße Dein Freund Berthold!

Wieder unterwegs

Hoffnungsvoll begab sich unser Malergeselle am 1. April 1908 wieder auf Wanderschaft. Gegen Hilfe beim Be- und Entladen konnte er auf einem Binnenschiff von Köln nach Düsseldorf mitfahren. Am Zielort fand er eine Sportanlage, auf der er gegen Malerarbeiten an Türen und Fenstern vier Tage übernachtete. Dann ging es weiter nach Duisburg, wo sich für ihn die Frage stellte, ob er weiter am Rhein abwärts nach Norden gehen oder auf der anderen Rheinseite noch einmal in das Tal der Ruhr einschwenken sollte. Vom Unterlauf der Ruhr wollte er doch lieber noch ein Stück kennenlernen, bevor er sich von dem Fluss seiner Heimat abwenden würde – vielleicht für immer.

Also schritt er vorbei an den damals noch rauchenden Schloten der Hüttenwerke in den größten Binnenhafen der Welt nach Duisburg-Ruhrort und von dort, meist dem Verlauf der Ruhr folgend, nach Mühlheim. Die Stadt feierte in 1908 gerade ihr 100-jähriges Bestehen und wurde mit nun 100.000 Einwohnern Großstadt. Hier fand der Wandernde wieder Arbeit, so konnte er sich sonntags ein wenig umschauen. An der Ruhrfurt zwischen Broich und Stadtmitte ging er noch über die Kettenbrücke (die erste Hängebrücke Deutschlands in Eisenbauweise). Ein Jahr später wurde die durch eine Betonbrücke ersetzt, um den stärker werdenden Verkehr aufnehmen zu können. Selbstverständlich gönnte er sich auch einen Aufstieg auf den Bismarckturm und hatte damit ein letztes Mal von oben einen Blick in sein Heimattal.

Das nächste Etappenziel seiner Wanderschaft war Essen, wo er bis Ende September blieb, und sonnabends und sonntags mit vielen Arbeitern diskutierte. Meistens ging es um die *soziale Frage* im Allgemeinen oder um spezielle, aktuelle Belange. Manche Arbeiter argumentierten aber eher politisch. Ältere – gelegentlich sogar Gründungsmitglieder der SDAP – beriefen sich auf Beschlüsse der Partei. Das taten sie natürlich mit ihren eigenen Worten und mit ihrer persönlichen Interpretation. Ein älteres Mitglied der Diskussionsrunde erwähnte immer wieder den Gründungsparteitag von 1869, an dem es teilgenommen hatte, und an das dort beschlossene *Eisenacher Programm*. Da forderte ein anderer, er möge das doch einmal mitbringen, und das solle sein Nachbar, der ständig den Vereinigungsparteitag und das Wort *Gothaer Programm von 1875* im Munde führte, auch tun. Am nächsten Tag legten beide die Schriften demonstrativ auf den Tisch. Da hatten es die Hitzköpfe nun schwarz auf weiß. Doch die Diskussion blieb aufgewühlt; zwar stimmten alle den Grundsatzbeschlüssen zu, sobald es aber um Deutung und um praktische Beispiele ging, erhitzten sich die Gemüter erneut.

Anton hatte in den vergangenen Jahren die Parolen, Forderungen und Ansichten schon oft gehört und für vieles Verständnis, aber noch keine feste Meinung dazu. Nun versuchte er, sich einige Grundsätze und Forderungen des *Eisenacher Programms* von 1869 einzuprägen.

Von den Grundsätzen waren das:
- *Kampf für gleiche Rechte und Pflichten, nicht für Klassenprivilegien*
- *Abschaffung des Lohnsystems durch genossenschaftliche Arbeit*
- *Die politische Freiheit ist Vorbedingung für die ökonomische Befreiung* [5]
-

Von den Forderungen der SAP merkte er sich:
- *Allgemeines, gleiches, direktes Wahlrecht für alle Männer vom 20. Lebensjahr an*
- *Trennung von Kirche und Staat sowie staatliche Schulen*[5]

Diese Stichworte schrieb er in sein schwarzes Oktavheft, das er stets mitführte. Die Diskussion um ihn herum nahm er kaum noch wahr, wandte sich jetzt aber dem *Gothaer Programm von 1875* zu. Daraus notierte er für sich:

- *Arbeit ist die Quelle allen Reichtums und aller Kultur, und ... gehört der Gesellschaft, das heißt ... , das gesamte Arbeitsprodukt [gehört], bei allgemeiner Arbeitspflicht, nach gleichem Recht, jedem nach seinen vernunftgemäßen Bedürfnissen*
- *Die Befreiung der Arbeit erfordert die Verwandlung der Arbeitsmittel in Gemeingut ...*
- *Die SAP Deutschlands erstrebt mit allen gesetzlichen Mitteln den freien Staat und die sozialistische Gesellschaft ...*

Die Sozialistische Arbeiterpartei Deutschlands fordert als Grundlagen des Staates:

- *Allgemeines, gleiches, direktes Wahl- und Stimmrecht mit geheimer und obligatorischer Stimmabgabe aller Staatsangehöriger vom zwanzigsten*

Lebensjahr an für alle Wahlen …
- *Unentgeltlicher Unterricht in allen Bildungsanstalten. Erklärung der Religion zur Privatsache* [6]

„Was schreibst du denn alles ab? Bist du ein Spitzel?", wurde er abrupt aus seiner konzentrierten Arbeit gerissen, und ehe er antworten konnte erwiderte sein Nachbar:

„Ach lass ihn doch, er ist Malergeselle und schon halber Sozialdemokrat, er braucht das, um vollends Mitglied zu werden."
Anton kam dem Frager entgegen, indem er antwortete:

„Ich interessiere mich für die Forderungen der Partei und dafür, was sie bewirken. Hier z. B. die Forderung nach dem allgemeinen Wahlrecht. Auf dem *Gründungsparteitag* wurde das offensichtlich nur für Männer gefordert, aber 1875 im *Gothaer Programm* schon für alle erwachsenen Staatsange-hörigen; ihr seid eben lernfähig."

„Ja, und seit 1891 fordern wir es im *Erfurter Programm* sogar ausdrücklich für alle über 20 Jahre alten Reichsangehörigen *ohne Unterschied des Geschlechts*", erwi-derte der andere nun auch mit einem Augenzwinkern. Aber das Wort *Spitzel?* fiel am Nachbartisch auf offene Ohren. Viele hatten damals noch die Bedrängnis, Ein-schüchterung, gar Verfolgung aus der Zeit

182

der Sozialistengesetze im Kopf. Sie stimmten das Spitzellied an. Unser Malergeselle blickte jedoch freundlich und offen zu ihnen hinüber, zog sein *Sozialdemokratischess Liederbuch* hervor, winkte den Genossen zu und sang deutlich mit:

„Und wenn ich etwas wo entdeck',
da bin ich tapfer auf dem Fleck …

Jetzt waren beide wieder Teil der allgemeinen Diskussionsrunde, die sich gegen 23 Uhr auflöste, nachdem sie gemeinsam das Volkslied

Ein schöner Tag zu Ende geht, die Sterne sind erwacht, wir reichen uns die Hände nun und sagen Gute Nacht, gesungen hatten.

5

https://www.marxists.org/deutsch/geschichte/deutsch/spd/1869/eisenach.htm

6

https://www.marxists.org/deutsch/geschichte/deutsch/spd/1875/gotha.htm

Auf dem Heimweg hing Anton gedanklich noch immer an dem, was er gelesen hatte. Da haben die Sozialdemokraten 1869 also staatliche Schulen gefordert, und das ist 1872 mit dem preußischem Schulaufsichts- gesetz verwirklicht worden. Politische Arbeit bewirkt wohl doch etwas, könnte man mei- nen, aber, wie ich mich an die Gespräche meiner Eltern erinnere, war das ein Resultat des Kulturkampfes, dachte er. Von den all- gemeinen und gleichen Wahlen, die in den Programmen gefordert wurden, sind wir je- denfalls noch ein Stück entfernt.

Trotz aller Sympathie für die Genossen und seines Verständnisses für ihre Forde- rungen trat er vorerst nicht in die SPD ein. Sein Geldbeutel war noch zu dünn, seine Gedanken zu sehr auf weitere Wanderschaft gerichtet, und die Vorstellungen der Genos- sen zu Lohn und zur Organisation der Arbeit noch zu wenig durchdacht.

***

Im Ruhrgebiet gab es damals viele Zuge- wanderte, die befragte Anton nach Weg- punkten in Richtung Hamburg. Bisher hatte er sich im wesentlichen am Verlauf der Flüs- se orientiert. Vor ihm lag nun ein Ziel, das nicht so eindeutig erreichbar schien. Oft riet man ihm, sich über die Routen der Postkut- schen, sowie die Netz- und Fahrplänen der

Eisenbahnen zu informieren. Ein Kumpel sagte ihm:

„Seit dem Mittelalter – vermutlich schon früher – gibt es den westfälischen Hellweg, der führt dich von hier über Dortmund und Paderborn nach Corvey an die Weser. Du findest viele Straßennamen, die eine Kombination aus Ortsnamen und dem Zusatz Hellweg sind, z. B. Wickeder Hellweg. Dann weißt du, dass du noch auf dem richtigen Weg bist."

Unser Wandergeselle nahm solche Hinweise dankbar entgegen und marschierte nun gut gelaunt auf sein Ziel, Hamburg, zu. Seine Tagesstecken lagen zwischen 15 und 30 Kilometern. Meistens blieb er nur eine Nacht in einer Unterkunft. Nachmittags musste er sich schon rechtzeitig erkundigen, wo er schlafen konnte, soweit er nicht vorher eine gute Adresse notiert hatte. Auf seiner ersten Etappe kam er durch Bochum. Auch diese Stadt hatte kürzlich die 100.000 Einwohner überschritten und war nun Großstadt. Wegen des riesigen Bedarfs an Arbeitskräften gab es hier einige Siedlungen mit Werkswohnungen, die Anton in seine Route mit einbezog, um die Wohnbedingungen ein wenig kennenzulernen. Großstadtleben bedeutete beengter Wohnraum und steinerbaute Nachbarschaft, soviel freie Natur wie in Enste, gibt es nur außerhalb der Städte, dachte er. Wie er einmal wohnen könnte, davon hatte er noch keine Vorstellung. Aber beengtes Wohnen sollte er noch an diesem Tag kennen lernen, als er das kleine Reihenhaus erreichte, das ihm als preiswerte Übernachtungsmöglichkeit benannt worden war. Die Vermieterin öffnete die Eingangstür, er sah durch den schmalen Flur bis nach hinten in einen kleinen Hof und direkt auf die Holztür mit dem Herz. Über eine enge, steile Stiege traten sie in das Gästeschlafzimmer. Zwei schwarze Ehebetten mit hohem Holzfußende und noch höherer Kopfseite füllten den Raum vor ihm und links zum Fenster hin schon ziemlich aus. Rechts wäre noch Bewegungsfreiheit gewesen, aber den Platz belegten ein Sofa und eine Kommode. Die ließen nur den schmalen Zugang zu dem vormals ehelichen Doppelbett frei. Die geöffnete Tür stieß gegen zwei große Rucksäcke.

„Hier sind drei Schlafplätze, zwei Gäste sind schon angekommen, jetzt aber unterwegs. Wie ihr die Schlafplätze zuteilt, ist eure Sache. Ich bekomme nun noch das Übernachtungsgeld."

Anton zählte es ihr in die vorgestreckte Hand und entschied sich für das Sofa; er wollte eh nur eine Nacht bleiben. Tags darauf übernachtete er in Dortmund und vier Tage später in Paderborn auch nicht viel besser. Trotzdem blieb er dort mehrere Tage. Er besuchte einige Messen im Dom. In dem geschichtsträchtigen Gebäude aus der Karolinger Zeit gab es vieles zu bestaunen; aber als Wandergeselle musste er vorrangig außerhalb des Domes das Hasenfenster in Augenschein nehmen, denn es galt ihnen als Glücksbringer. Er fand das eher unauffällige Symbol etwas versteckt im Kreuzgang des Domes und sprach spontan den Reim vor sich hin:

„Der Hasen und der Löffel drei, und doch hat jeder Hase zwei."

Damit war kurz und bündig beschrieben, was ein Steinmetz im 16. Jahrhundert geschaffen hatte; nämlich drei im Kreis springende Hasen, deren aufgerichtete Löffel sich gegenseitig berühren. Die Symbolik war schon im alten Rom bekannt, und sie deutet darauf hin, dass Hasen schnell, wachsam und fruchtbar sind. Im Mittelalter verdeutlichen die Hasen dann die Einheit Gottes in der Dreifaltigkeit. Anton zog sein Oktavheft hervor und fertigte eine Skizze von dem aus Wesersandstein gemeißelten bildhauerischen Kunstwerk an. Nun konnte er beruhigt weiterziehen, und das Glück begleitete ihn, wie wir bald erfahren werden.

Sein Ziel war jetzt das Kloster Corvey. Dafür wollte er zwei Tagen gebrauchen. In Altenbeken entschied er sich jedoch für einen Abstecher nach Bad Meinberg. Das wurde ein langer Marsch (mehr als 35 km). Aber es zog ihn wieder einmal zu einer Aussichtstelle, der 468 m hohen Preußischen Velmerstot mit dem Eggeturm, und von dort zur nur etwa 1.000 m entfernten Lippischen Velmerstot. Diese ist die zweithöchste Kuppe des Eggegebirges (441 m hoch) und eine Heidelandschaft mit bizarren Sandsteinformationen. Es dämmerte nun schon. Erschöpft suchte er sich einen windgeschützten Platz, wo er nächtigen konnte. Jetzt, Anfang Oktober, war noch schönes Herbstwetter, die Nacht wurde dennoch kalt. Obwohl er seine Joppe angezogen hatte und in seinen Schlafsack gekrochen war, wachte er gegen halb vier Uhr frierend auf, packte den Schlafsack wieder ein und patrouillierte im fahlen Mondlicht bis zum Morgengrauen um die Felsblöcke, ehe er seinen Weg fortsetze.

Wegen des Abstechers erreichte Anton Corvey erst am dritten Tag. In der Klosterschenke gönnte er sich ein kräftiges Mittagessen einschließlich einer herzhaften Ochsenschwanzsuppe, bevor er sich eine Bleibe suchte. Über den westfälischen Hellweg war er, so wie man ihm geraten hatte, an die Weser gekommen. Deren Verlauf folgend, würde er sich seinem Endziel, Hamburg, nähern. Freilich hätte er sich schon ab Bad Meinberg direkt nach Norden ausrichten können, aber er wollte seine Freiheit noch ein wenig genießen, sich treiben lassen und Empfehlungen aufgreifen.

Als ihn in den nächsten Tagen die ruhig fließende Weser begleitete, kam ihm hin und wieder der Anfangstext der *Briefe aus Wuppertal* in den Sinn.

„Die Gegend ist ziemlich anmutig; die nicht sehr hohen, bald sanft steigenden, bald schroffen Berge, über und über waldig, treten keck in die grünen Wiesen hinein, und bei schönem Wetter lässt der blaue, in der Wupper sich spiegelnde Himmel ihre rote Farbe ganz verschwinden." [1]

„Ja, hier ist das Wasser der Weser nicht rot verfärbt, das Tal ist breiter und die ganze Gegend dünn besiedelt", stellte er für sich fest, und seine Gedanken gingen weiter:

„Es würde wohl schwer werden, hier für jeden Tag Arbeit als Maler zu finden, und es gäbe auch lange Wegstrecken zu und von den möglichen Arbeitsstellen. Es ist schon richtig, dass ich mein Augenmerk auf das große Hamburg gerichtet habe."

---

[1]   *Engels: Briefe aus Wuppertal. Marx/Engels: Ausgewählte Werke, S. 9734*
        (vgl. MEW Bd. 1, S. 413 ff'
http://www.digitale-bibliothek.de/band11.htm]

Wenn ihn sein Weg dann gelegentlich auf eine bewaldete Anhöhe führte, verdrängten die zweite und dritte Strophe von Schenkendorfs *Freiheit, die ich meine, die mein Herz erfüllt* seine ernsthaften Gedanken, und automatisch passte sich sein Schritt dem Rhythmus des Liedes an:

Auch bei grünen Bäumen
In dem lust'gen Wald,
Unter Blütenträumen
Ist dein Aufenthalt.
Ach! das ist ein Leben,
Wenn es weht und klingt,
Wenn dein stilles Weben
Wonnig uns durchdringt.

Wenn die Blätter rauschen
Süßen Freundesgruß,
Wenn wir Blicke tauschen,
Liebeswort und Kuß.
Aber immer weiter
Nimmt das Herz den Lauf
Auf der Himmelsleiter
Steigt die Sehnsucht auf.

Dann dachte er wieder an die erste Begegnung mit seinem Freund Berthold und freute sich darauf, dass er ihn nach langer Zeit bald in Hamburg treffen werde. In der zweiten Novemberwoche (1908) fand Anton in Minden gute Arbeit und Unterkunft. So besuchte er am Sonntag nicht nur das Hochamt, sondern gönnte sich auch noch einen Besuch im Stadttheater. Der neobarocke Bau war in diesem Jahr fertiggestellt und am 1. Oktober eröffnet worden. Zur Premiere gab es Goethes *Iphigenie auf Tauris.* Das Stück stand noch immer auf dem Programm, aber zwischendurch präsentierte nun auch ein Tourneetheater das Ballett: *Der Nussknacker* von Tschaikowski. Anton kannte das Märchen: *Nussknacker und Mausekönig* von E. T. A. Hoffmann und kaufte sich spontan eine Karte für die Nachmittagsvorstellung. Die Aufführung begeisterte ihn, und immer öfter blieb sein Blick an einer kleinen, blonden Tänzerin aus der Mäuseschar hängen. Zu gern hätte er mit ihr gesprochen:

„Hier und jetzt geht das nicht, aber vielleicht habe ich nach der Vorstellung eine Chance", dachte er.

Mit den letzten Applaudierenden verließ er den Saal. Als letzter holte er seine Joppe an der Garderobe ab. Draußen bewegte er sich betont lässig in Richtung Bühnenausgang; dort standen drei Tänzerinnen plaudernd beieinander, alle drei Zigarette rauchend. Zwei der Tänzerinnen waren größer, aber die Kleine in ihrer Mitte war tatsächlich die, die seine Aufmerksamkeit auf sich gelenkt

191

hatte. Ihre Blicke begegneten und verhakten sich jetzt für eine Sekunde. Das reichte für ein unausgesprochenes Einverständnis. Anton zog sein silbernes Etui aus der rechten Joppentasche, entnahm ein Zigarillo, steckte das Etui zurück und das Zigarillo zwischen Mittel- und Zeigefinger der rechten Hand, die er nun grüßend leicht anhob, begleitet von den Worten:

„Darf ich mich zu Ihnen gesellen?"
Sie nickten. Er zündete sein Zigarillo an und machte den Dreien ein Kompliment:

„Das war ein sehr schönes Ballett, besonders die tapfere Mäuseschar. Ihre Darbietung hat mir sehr gefallen." Die drei kicherten, bevor eine antwortete:

„Dafür mussten wir aber auch hart proben."

Nun war der Bann gebrochen, und die Sätze flogen hin und her, bis die beiden größeren Damen einen vielsagenden Blick tauschten und abrupt feststellten:

„Wir müssen jetzt wieder in die Garderobe, ihr könnt ja noch etwas plaudern."

„Ja, ich komme gleich nach", ergänzte die kleine Blonde und sagte zu Anton gewandt:

„Es war nett, dass sie uns noch aufgesucht haben, die meisten Zuschauer strömen so selbstverständlich direkt nach Hause."

Leicht errötend schob Anton schnell ein:

„Ja, aber ich wollte Sie gern kennenlernen, darf ich Sie ins Café einladen, schöne Frau?"

„Vielleicht demnächst, heute geht das gar nicht", erwiderte sie hastig.

„Morgen ist doch spielfrei, dann können wir uns um drei Uhr im Stadtcafé treffen", platzte er heraus.

„Nun gut", war ihre kurze Antwort, sie blickte ihm noch tief in die Augen und verschwand mit einer bühnenreifen Drehung.

Tags darauf wartete er bereits eine Viertelstunde vor der Zeit in der Nähe des Stadtcafés. Aber auch als die Uhr des nahen Domes zur vollen Stunde schlug, wurde seine Geduld noch auf die Probe gestellt. Zweifel stiegen in ihm auf, ob die zierliche Tänzerin überhaupt noch käme. Doch dann verflog seine Anspannung, als sie sich ihm leichtfüßig mit wippenden, blonden Locken nährte. Seine Verbeugung mit leicht geöffneten Armen erwiderte sie mit einem lächelnd zugeworfenen Handkuss, um sich anschließend bei ihm einzuhaken, und nach wenigen Schritten standen beide, auf die Zuweisung eines Platzes wartend, im Eingangsbereich des Cafés. Sie hatten Glück, im vorderen offenen Bereich war alles belegt, so erhielten sie seitlich einen Tisch, der durch zwei halbhohe Trennwände begrenzt war. Noch bevor der bestellte Kakao, Kaffee, die Schwarzwälder-Kirschtorte und der Apfelkuchen auf dem Tisch standen, entspann sich zwischen beiden ein reger Gedankenaustausch.

Anton erzählte vom Fuhrgeschäft seines Vaters, in dem für ihn aber kein Platz war, weswegen sein Vater die Malerlehre für ihn gefunden hatte.

„Nun bin ich schon seit Ostern 1900 von zuhause weg", eröffnete er ihr. Auch sie erzählte, wie es ihr ergangen war:

„Meine Eltern wohnten nahe der Hamburgischen Staatsoper, und als Schneidermeister hatte mein Vater gute Kontakte zur Requisite. Irgendwie ergab es sich, dass ich in das Kinderballett aufgenommen wurde, und als ich die Schule beendet hatte, schloss ich mich dem Tourneetheater an", berichtete sie ihm als erstes.

Es entstand eine Gesprächspause. Mit Bedacht aßen sie von Torte und Apfelkuchen, sahen sich immer wieder tief in die Augen und nippten am Getränk, ehe sie das Gespräch wieder aufnahmen. Anton berichtete, wie er zu Beginn der Wanderschaft seinen Freund Berthold getroffen hatte, den er nun bald in Hamburg treffen würde.

„Die Wanderjahre sind zwar interessant und lehrreich, aber man verdient zu wenig, um ein Haus und eine Familie zu haben. Immer weniger Handwerksmeister bieten neben der Arbeit auch Kost und Logis an. Da geht viel vom Lohn für den täglichen Bedarf drauf. Deshalb will ich nach Hamburg, dort kann ich mich dauerhaft einrichten und verdiene selbst als Arbeiter mehr als jetzt, oder ich habe zumindest etwas mehr übrig. Ich habe schon intensive Kontakte zu Sozialdemokraten und Gewerkschaftern gehabt, die haben eine Losung für junge Menschen; t*äglich acht Stunden für die Arbeit, acht Stunden für die Ruhe und acht Stunden für die Bildung*. Ich werde meinen Tag auch so einteilen, um meinen Meistertitel zu erwerben; dann kann ich auch eine Familie gründen", sprudelte es aus ihm heraus, bevor er eine Pause machte.

Seine Offenheit ermunterte sie:

„Wir verdienen auch nicht viel, und wenn wir den Spielort wechseln, was häufig vorkommt, müssen wir unsere schweren Requisiten selbst heraus- und hinein schleppen und anteilige Frachtkosten bezahlen. Ich bin es leid und werde zum Saisonende aufhören. Ich ziehe dann wieder zu meinen Eltern und arbeite in der Schneiderei meines Vater, der hat gut zu tun. Viele Offiziere und Einjährige lassen sich bei ihm Uniformen schneidern, und er arbeitet auch direkt für das preußische Militär. Mit dem Tanzen war es anfangs auch schöner. Wir hatten eine

Choreografin, die schwärmte für den Ausdruckstanz und für Isadora Duncan."

Ella sprach den Namen deutsch aus. In der Gesprächspause, die nun eintrat, bemerkte sie, dass ihr Gegenüber mit dem Namen nichts anfangen konnte, so erklärte sie ihm:

„Isadora Duncan wurde 1877 in San Franzisko geboren, sie ist Tänzerin und Choreografin und Wegbereiterin des modernen sinfonischen Ausdruckstanzes. Sie orientiert sich am griechischen Schönheitsideal. Sie wuchs in bitterer Armut, aber in musischer Umgebung auf. Sie verehrt Nietzsche, genauer gesagt, seine Werke. Besonders den Katholizismus lehnt sie ab und sieht den Tanz als Religion."

Hier machte Ella eine Pause und sah Anton, den einstigen Messdiener, fragend an. Der spürte ihre unausgesprochene Frage und antwortete:

„Man mag ja manches gegen den Katholizismus haben, aber Tanz als Religion oder Gottesdienst anzusehen, das kann ich nicht nachvollziehen. Das ist doch so etwas wie eine Naturreligion und stellt nur auf das sinnliche Erleben ab, da fehlt doch vollends der sittliche Teil der Religion."

Hier stockte er. Hatte er zu schroff reagiert? Aber sie nahm es als normalen Einwand und fasste den Tanz auch nicht religiös auf. Seine Antwort hatte sie nur in die Gegenwart zurück geholt, denn sie erwiderte hastig:

„Oh, wir haben uns doch sehr verplaudert, ich muss nun dringend zur Probe."

„Aber wir treffen uns doch bald wieder", brachte er noch schnell heraus.

„Das wird schwierig, denn morgen reisen wir ab, und den genauen Tourneeplan kenne ich nicht, aber schreiben Sie mir doch gelegentlich per Adresse meiner Eltern *Schneidermeister Andreas Rotenbach, Hamburg, Marktstraße 139*."

„Ja, gern, schreiben Sie mir bitte an die Anschrift meiner Schwester *Juliane Kampe in Enste bei Meschede*.

Er zahlte noch schnell bei der Kellnerin an der Kuchentheke und brachte seine verehrte, junge und quirlige Begleiterin zurück zum Bühneneingang des Theaters. Nach einem kurzen, innigen Kuss auf seine Wange, schritt sie rückwärts, ihn immer im Blick behaltend auf die Tür zu.

Überglücklich begab er sich zu seiner Unterkunft, wie ein Ohrwurm durchzog die dritte Stophe von Schenkendorfs Lied sein Gemüt:

Wenn die Blätter rauschen
Süßen Freundesgruß,
Wenn wir Blicke tauschen,
Liebeswort und Kuß.

Aber immer weiter
Nimmt das Herz den Lauf,
Auf der Himmelsleiter
Steigt die Sehnsucht auf.

Diesmal galt der Text aber nicht der Freiheit, sondern seiner ersehnten Liebe.

***

Anton kommt an sein Ziel

Minden, 9. November 1908

Liebe Schwester,

jetzt bin ich an der Weser weiter nördlich unterwegs. Heute verlasse ich Minden. An diese westfälische Stadt werde ich immer eine freudige Erinnerung haben, denn dort lernte ich eine liebenswerte kleine Ballett-tänzerin kennen. Sie hat ein freundliches offenes Wesen und weiß Interessantes zu erzählen. Unsere Begegnung war nur kurz – am Sonntag eine Zigarettenlänge lang und am Montag ein Stündchen im Café. Morgen zieht die Truppe schon wieder weiter, und auch mein Weg führt mich fort in Richtung Hamburg. Dort hat ihr Vater eine Schnei-derei, und spätestens ab Spielplanwechsel will Ella bei ihrem Vater arbeiten. Dann bin ich auch in Hamburg. Ich hoffe, dass wir uns dort näher kennenlernen, ich empfinde viel für sie. Ich melde mich, wie immer, sobald ich irgendwo länger als drei Tage bleibe.

Nun möchte ich noch eine andere Sache ansprechen. In der Vergangenheit habe ich Dir gelegentlich Geld geschickt, damit Du meinen Mitgliedsbeitrag an den Mescheder Gesellenverein bezahlen konntest. Nachdem der Kaiser im März dieses Jahres das Reichsscheckgesetz erlassen hat, kann ich den Beitrag nun per Scheck bezahlen. Meine Mitgliedschaft hilft mir hier im evangelischen Norden sowieso nicht weiter; deshalb werde ich diese aufkündigen. Ich benötige auch jeden Groschen.

So, das war's für heute.

Herzliche Grüße sendet Dir und den Eltern Euer Anton.

Dann dankte er Ella auf einer vorzeitigen Weihnachtskarte noch überschwänglich für die gemeinsame Kaffeestunde und adressierte den Umschlag an ihre Eltern.

Sobald Anton die Briefe zur Post gebracht hatte, zog er weiter. Bis Nienburg folgte er noch dem Lauf der Weser. Ab dort orientierte er sich Richtung Verden an der Aller und Rotenburg (Wümme) gen Norden. Kurz hinter Buchholz in der Nordheide wurde unser Fußgänger von vier Fuhrwerken überholt; der Kutscher des fünften Pferdewagens neigte sich zur Seite, knallte neben dem rechten Vorderrad mit der Peitsche und rief:

„Wandersmann, wohin des Wegs? Komm, sitz auf!"

Das ließ der sich nicht zweimal sagen. Von einem *Ich danke schön* begleitet, warf er seine Ledertasche auf den Kutschbock, trat mit einem Fuß aufs Trittbrett und zog sich mit einem Schwung hoch.

„Du willst doch auch nach Hamburg?"

„Ja, und du zum Hamburger Winterdom."

„Klar, ich baue dort *Hau-den-Lukas auf*", gleichzeitig griff er nach seiner doppelt gelegten Rosshaardecke und warf eine Hälfte über die Knie seines neuen Begleiters, der sich nochmals herzlich bedankte. Vorerst war alles gesagt, man hörte nur den Takt der Pferdehufe.

Nach geraumer Zeit entwickelte sich zwischen Kutscher und Gast aber ein reges Gespräch, und schließlich sagte *Hau-den-Lukas*:

„An unseren Fahrgeschäften und in unseren Wohnwagen gibt es immer etwas auszubessern oder zu verschönern. Wir beschicken im Winter auch nicht alle Märkte. Dann ziehen wir in unsere festen Winterquartiere. Brauchst du Arbeit, findest du bei uns immer etwas tun, frag nur irgendeinen von uns, wir sind wie eine Familie. Übrigens kommen wir heute spät in Hamburg an, wenn du beim Aufbau hilfst, kannst du mit im Mannschaftswagen nächtigen.“

„Danke, das werde ich tun, dann habe ich morgen den ganzen Tag, um mich in Hamburg zurechtzufinden“, antwortete Anton.

Außer der einen oder anderen scherzhaften Bemerkung war nun bis Hamburg alles gesagt. Am nächsten Morgen durfte sich Anton noch zum Empfang von heißem Zichorien-Kaffee einfinden und kaufte beim Dombäcker eine Laugenbrezel. Anschließend begab er sich in Hafennähe auf Zimmersuche. In Altona klappte es. Zwar musste er das Zimmer mit jemandem teilen, und die Toilette befand sich außerhalb der Wohnung auf der Etage, aber im Zimmer gab es ein Waschbecken mit *fließendem Wasser*.

Kaum war er mit der Vermieterin einig, da setzte er sich an den Tisch, der beide Betten trennte und schrieb seiner Schwester die Adresse, begleitet von ein paar freundlichen Worten und Wünschen an Vater und Mutter.

Tags darauf, am ersten Adventssonntag, besuchte er seinen Freund Berthold. Bei einem Frühschoppen in der Wohnküche hatten sie sich viel zu erzählen. Als der Duft des Mittagsessens durch den Raum zog, sagte Berthold:

„Bleib doch zum Essen hier. Wir haben soviel über die Vergangenheit geredet, aber du willst sicherlich mit mir darüber reden, wie du hier am besten zurecht kommst. Das besprechen wir dann nach dem Essen."

Anton war damit sehr einverstanden, er nahm dankend an. So saßen sie nach dem Essen noch immer vergnügt beieinander, und der Duft von Bohnenkaffee füllte den Raum. Die Hausfrau stellte Kaffeegeschirr, einen Teller mit Butterkuchen und eine Flasche Weinbrand dazu.

„Das ist ja, als hättet ihr mich erwartet", kommentiert Anton das Geschehen.

„Nein, zumindest haben wir nicht gerade heute mit dir gerechnet, grundsätzlich aber schon, du bist uns immer willkommen. Kaffee und Kuchen gehört bei uns zum Sonntag. Lass es dir schmecken."

„Mmh, der schmeckt wirklich köstlich, noch besser als der in Minden im Café."

„So, nun aber zu den wichtigen Dingen. Ich habe mir gedacht, was sollst Du hier erst lange nach einem Malermeister suchen, der dich jetzt im Winter anstellt. Auf der Schiffswerft, wo ich arbeite, können wir dich auch gebrauchen, ist für dich doch in Ordnung?"

„Na, klar; später möchte ich mich zwar selbstständig machen, davor steht allerdings noch die Meisterprüfung."

„Gut, das ist beredet. Wir sind im Betrieb zu 100 Prozent organisiert. Nur, wenn du Gewerkschaftsmitglied wirst, bringe ich deine Anstellung durch und, wenn du SPD-Mitglied wirst, um so besser.

„Kein Problem, ich kenne Gewerkschaftsarbeit, und Sozialdemokrat bin ich im Herzen schon länger."

„Gut, dann hole ich beide Beitrittserklärungen aus der Kommode. Heute ist ja noch November. Ich datiere den Beitritt auf Anfang November, das macht sich besser. Dienstag treffen wir uns nach der Frühschicht am Elbtunnel, ich mache dich mit dem Vizen bekannt, der sagt dir, wann und wo du dich melden kannst, und er geht mit dir zur Personalabteilung. So, nun trinken wir auf gutes Gelingen. Prost!"

Rechtzeitig vor dem Abendessen schaffte Anton den Absprung. Glücklich, dass er so schnell in der großen, fremden Stadt heimisch geworden war, kaufte er sich auf dem Weg zu seiner neuen Unterkunft ein Fischbrötchen, das er gleich verzehrte, und zwei Flaschen Bier, die er in die Taschen seiner Joppe steckte. Mit dem Zimmergenossen trank er das Bier *Auf ein freundschaftliches Miteinander*.

Am Dienstag erfuhr unser Anton, dass er am Mittwoch, morgens um 6:00 Uhr auf der Werft einstempeln solle:

„Um viertel vor sechs treffen wir uns am Haupttor, ich bringe dich zur Stechuhr und in deine Arbeitskolonne, das mit der Personalabteilung regeln wir später", wurde ihm noch mit auf den Weg gegeben. So verlief es auch, und um fünf vor sechs befand er sich bei seinen neuen Kollegen im Maschinenraum des Schiffes. Nun gab es erst einmal einen Schnaps als *Ankommer* und eine Flasche Bier. Der Vize nutzte die Gelegenheit, um den Einsatzplan zu verlesen. Für Anton stand noch nichts auf dem Plan, aber der Kapitän hatte ein paar Ausbesserungsarbeiten im Salon gewünscht, die die Reederei nicht beauftragt hatte; dafür wurde Anton vorerst abgestellt. Er war froh, dass er schnell an die Arbeit gehen konnte, bevor womöglich noch eine Runde Schnaps angeboten wurde. Natürlich arbeiteten sie auf der Werft alles in allem tüchtig, aber an den Alkoholkonsum musste er sich erst gewöhnen, später übte er wieder seine gewohnte Zurückhaltung.

Arbeitseinsatz wurde schon gefordert. Musste ein Schiff termingerecht ausgedockt werden, dann fielen auch mal zweieinhalb bis drei Schichten am Stück an. Freitags wurden viele Werftarbeiter vor dem Elbtunnel auf der St. Pauli-Seite von ihren Frauen abgeholt, damit der Verdienst auch bei der Familie und nicht in der Kneipe verbraucht wurde.

An diesem ersten Freitag, war natürlich niemand da, der Anton abholte, aber als er seine Unterkunft betrat, lag auf seinem Bett ein großer Umschlag aus seiner Heimat, den er hastig öffnete, und dem er einen kleinen Brief von Ella, seiner Angebeteten sowie ein Schreiben seiner Schwester entnahm:

Enste, 3. Dezember 1908

Lieber Bruder,

hab herzlichen Dank für Deine liebe Nachricht. Es freut mich, dass Du nach der langen Wanderschaft nun zur Ruhe kommst, und besonders gern habe ich erfahren, dass Du einem Menschen begegnet bist, der offensichtlich Dir und dem Du viel bedeutest. Leider sehen das Deine Mutter und besonders Dein Vater nicht so positiv. Beide äußerten:

„Muss es gerade eine Tänzerin sein?" Aber noch größer ist ihre Befürchtung, die Frau könne evangelisch oder ungläubig sein. „Unser Sohn womöglich in einer Mischehe! Gott bewahre uns davor" war ihr einhelliger Kommentar. Aber sei unbesorgt, ich verstehe Dich gut, Das alles zählt nicht, wenn Du die Richtige gefunden hast. Ich kenne das. Vor einiger Zeit habe ich einen lieben jungen Mann kennengelernt, der auf der Wanderschaft etwas länger bei uns blieb. Er ist auch mit unseren Elten gut zurecht gekommen und ist katholisch. Ständig schrieb er mir liebe Briefe, aber dann wurden die Abstände länger, der Text einfacher, und schließlich musste ich erfahren, dass er demnächst seine Schulfreundin heiraten würde. Drei Tage war ich richtig krank; doch dann sagte Mutter: „Nun muss aber Schluss sein mit der Traurigkeit!"

Jetzt bin ich längst darüber hinweg und hoffe, dass es bei Dir besser läuft. Sorge bereitet mir, wie es hier weitergehen soll. Du weißt, Gottfried wird bald 70 und Lisette bald 60. Schon jetzt hängt fast alles an mir. Aber sei getrost, mein kleiner Bruder, unser Leben ist in Gottes Hand und alles wird gut.

Ich umarme Dich herzlich!

Deine Juliane.

Anton setzte sich auf die Bettkante, platzierte seine Ellenbogen auf den Oberschenkeln, stützte das Kinn in die V-förmig nach oben geöffneten Hände und ließ das Gelesene auf sich wirken. Minuten später streckte er sich, atmete tief durch und öffnete den Brief von Ella. Der Inhalt stimmte ihn froh, sie hatte ihr Engagement zum 30. Juni gekündigt. Liebe Worte machten ihm das Warten leicht:

„In einem halben Jahr wird sie in meiner Nähe sein", freute er sich.

Unverzüglich antwortete er ihr und legte

den verschlossenen Umschlag vorerst unter sein Kopfkissen. Am Sonntag ging er an ihrem Elternhaus vorbei und steckte ihn dort in deren Briefkasten, so fühlte er sich ihr stärker verbunden. Im ersten Halbjahr 1909 hatte er sogar Gelegenheit, sie zweimal zu besuchen, als die Truppe im Umland gastierte.

Vorerst machte er sich allein mit seiner Wahlheimat vertraut. Am nächsten Sonntag besuchte er den Hamburger Winterdom. Gerade hatte Anton die ersten Buden und Fahrgeschäfte passiert, da erkannte er schon *Hau-den-Lukas* – eine Einheit aus Domattraktion und dem Mann, der ihn vor Hamburg so freundlich auf seinem Fuhrwerk mitgenommen hatte. Schaulustige umlagerten lachend und feixend das einfache Gerät. Es bestand aus einem ca. 3,50 m hohen Pfahl mit Gleitschiene, in der ein Gleiter auf- und abschnellen konnte. Zwei Männer, ein kleiner, schmächtiger und ein großer, kräftiger, hoben abwechselnd einen schweren Vorschlaghammer und schlugen so kraftvoll wie möglich auf die Aufschlagstelle. Einhellig wurde das Ereignis jedes Mal von den Zuschauern mit Jubel bewundert oder belacht. Anton wollte das lustige Geschehen nicht unterbrechen, gab dem Betreiber, der ihn vor Tagen mitfahren ließ, ein freundliches Handzeichen und ging weiter.

Hau-den-Lukas

Zwischen den Besuchern begegneten ihm immer wieder Gaukler, Akrobaten, Losverkäufer und Männer mit Bauchläden, die Nützliches und Entbehrliches feilboten. Dann warb jemand für den Eintritt in *Dreimal mehr Hamburg.* Anton zahlte 10 Pfennig und betrat die erste Kabine. Nur ein Bild mit vielen Häusern hing an der Wand, daneben prangte in großen Buchstaben der Text:

Das Hamburger Häusermeer.
Durch einen schwarzen Vorhang betrat Anton die zweite Kabine. Hier zeigte ein Bild die Häuser mit erleuchteten Fenstern, helle Straßenlaternen und einen Nachthimmel. Die Überschrift dazu lautete:

Hier sehen Sie *das Hamburger Lichtermeer.*
In der dritten Kabine fand sich neben einem Ausblick nach draußen nur die Aufforderung:

Schließen Sie die Augen, dann sehen Hamburg nicht mehr!
Verblüfft trat Anton nach draußen, wo ihn ein Ausrufer ermunternd zurief:

„Treten Sie näher, treten Sie heran, hier werden Sie genauso beschissen wie neben an,‟ und ergänzte:

„Na, junger Mann, treten Sie doch ein, hier sehen sie die Frau ohne Unterleib und die Siamesischen Zwillinge.‟

Diesmal ging Anton nicht darauf ein und kam zu einer umzäunten Fläche mit mehreren kleinen Wohnwagen. Gegen geringes Entgelt zeigten dort Liliputaner ihre Lebensbedingungen. Gegenüber wurde das Leben in einem afrikanischen Kraal dargestellt. Anton schlenderte vorbei, kaufte sich noch *Hamburger Speck* und verließ den Rummel. Obwohl er gefoppt worden war, empfand er Sympathie für seine Wahlheimat, mit Ella würde er hier sesshaft werden.

***

Von zuhause kamen allerdings keine ermutigenden Briefe, sondern mahnende, abratende und warnende. Schließlich verwies sein Vater ausdrücklich darauf, dass die katholische Kirche die Apostasie mit empfindlichen Strafen belegte. Anton erwiderte die Post nicht, er legte die Briefe nur mit der beschriebenen Seite nach unten in die Schublade seiner Wäschekommode und tröstete sich selbst mit der Überzeugung: „Frömmeln ist das eine, glauben ist das andere."

Seiner Schwester schrieb er gelegentlich, vermerkte auch Grüße und gute Wünsche an seine Eltern, ging aber auf auf deren Vorhaltungen nicht ein. Seine Mutter hätte er wohl gern an ihre eigene Losung – jeder soll mit seinem Glauben selig werden –

erinnert, aber es siegte sein Grundsatz, *man muss Streitigkeiten aus dem Weg gehen.*

Das halbe Jahr ohne Ella war wie im Fluge vergangen. Jetzt verbrachten sie die ersten Sonntage mit langen Spaziergängen an Alster und Elbe. Ende des Monats sagte Ella:

„Am nächsten Sonntag bist du bei uns zum Essen eingeladen, meine Eltern möchten dich gern kennenlernen."

An diesem Sonntagmorgen kaufte Anton auf dem Fischmarkt einen Strauß bunter Sommerblumen, den er zwei Stunden später artig der Mutter seiner Angebeteten überreichte. Freundlich bat ihn die Frau des Schneidermeisters einzutreten und im Vorderzimmer Platz zunehmen. Dort sah er, dass dieses eigentlich als Schneiderwerkstatt diente. Heute war der große Zuschneidetisch freilich abgeräumt, mit einem weißen Tischtuch belegt und mit dem Sonntagsgeschirr eingedeckt. Anton fühlte sich willkommen und heimisch. Vor einem Fenster erkannte er die Tretnähmaschine der Firma Grover & Baker, von der Ella ihm schon erzählt hatte. Ein Regal war reichlich mit Stoffen und Nähutensilien belegt, eine Wand hatte einen Durchgang mit Vorhang, offensichtlich das Ankleidezimmer. Davor gab es einen bequemen Ledersessel mit hoher Rückenlehne, einen Spieltisch und einen Stuhl. Anton blickte noch verträumt auf die Marktstraße hinunter, als die Familie den Raum betrat. Der große, bärtige und freundlich blickende Hausherr kam mit ausgestreckter Hand leicht hinkend auf Anton zu, der ihm nun seinerseits entgegenschritt. Anton wusste um diese leichte Behinderung, die die Folge einer Kinderlähmung war. Hinter der Hausfrau wechselten Ella und deren Schwester Ida neugierige Blicke. Nach der allgemeinen Begrüßung zog sich die Hausfrau mit ihren Töchtern in die Küche zurück; der Hausherr bat seinen Gast auf einen Frühschoppen an den Spieltisch. Dort plauderten sie freundschaftlich zunächst über aktuelle Themen und dann über Zukunftsaussichten. Antons Vorstellungen fanden Zustimmung und sein Wunsch nach Selbstständigkeit wurde wohlwollend aufgenommen. Auch der Rest des Tages verlief in Harmonie.

***

Noch eineinhalb Jahre blieb zwischen Ella und Anton die Sehnsucht groß, das Beieinandersein auf die Sonntage beschränkt und die Liebe wohl eher platonisch. In dieser Zeit unternahmen sie weiterhin ausgedehnte Spaziergänge und schmiedeten Pläne, wie sie zu einem eigenen Heim kommen könnten. Ähnlich, wie vor Jahren seine Schwester Juliane, so hatten auch Ella und ihre Schwester Ida jede eine Truhe für die Aussteuer. Beide Truhen waren schon gut gefüllt. Ella erwähnte auch mehrfach, dass ihre ältere Schwester bald heiraten und ausziehen werde. Dann könnten auch sie heiraten. Übergangsweise könnten sie ja bei ihren Eltern wohnen, auch wenn es dort eng sei. An Weihnachten 1910 stand im Hause des Schneidermeisters eine doppelte Verlobung an. Nicht nur Ella und Anton versprachen sich in aller Form die Ehe sondern auch Ida und ihr angebeteter Versicherungsangestellter, der aus Mannheim angereist war.

Kunst, Fleiß, Zeit und Materialeinsatz wurden in den nächsten zwei Monaten dem Schneidermeister abverlangt. Wenngleich die Paare nur an zivilrechtliches Heiraten dachten, so wollten doch beide Schwestern aufwändig eingekleidet werden. Auch Anton sollte einen festlichen Anzug und einen Paletot erhalten. Mit emsigem Einsatz der ganzen Familie schafften sie es rechtzeitig.

Anton informierte seine Schwester und lud die Eltern schon einmal zur Hochzeit ein, der genaue Termin würde folgen. Statt freudiger Zustimmung erhielt er jedoch schriftlich die Frage, ob die Braut nicht lieber zum Katholizismus überwechseln wolle. Diesmal antwortete Anton, dass das nicht vorgesehen sei, schließlich könne doch jeder mit seinem Glauben selig werden. Kurze Zeit später besuchte ihn der Pfarrer in der Diaspora, der ihm dringend dazu riet, dass die Braut konvertieren solle, sonst könne es keine kirchliche Trauung geben. Anton stellte dazu nur fest, dass man ihn ja auch nicht dränge, evangelisch zu werden. Der Geistliche entgegnete, dass er noch einmal mit der Verlobten über die Möglichkeit des Glaubensübertritts reden wollte und verabschiedete sich. Vorsorglich informierte Anton seine zukünftigen Schwiegereltern und betonte, dass das doch jeder mit sich selbst ausmachen müsse, er selbst werde weder Ella noch sonst jemanden bekehren wollen, und dass man ihn selbst auch nicht bedrängen solle.

Als der Pfarrer an der Haustür stand, und um ein Gespräch mit der Verlobten bat, war deren Mutter, Marie Rotenbach, vorbereitet. Sie, die sowieso bedauerte, dass sie die einzige in der Familie war, die regelmäßig zum Sonntagsgottesdienst ging, sah sich als Bewahrerin des evangelischen Glaubens. Groß und resolut stand sie in der Tür und beantwortete die Bitte des Priesters kurz und knapp:

„Wir sind eine evangelische Familie, wir respektieren Sie, aber wir möchten nicht bekehrt werden, bitte besuchen Sie uns nicht wieder."

Damit schloss sie die Tür. Dem Glaubens-
mahner hatte unser Anton – durch seine
zukünftige Schwiegermutter – die Tür ge-
wiesen, seinen Glauben aber bewahrte er in
seinem Herzen. Ökumenisches Denken
steckte im Jahr 1911 noch in den Anfängen.

Wie geplant, standen jetzt im Hause Rotenbach zwei standesamtliche Hochzeiten
an. Am 25. März 1911 heiratete Ida in
Mannheim, wohin ihre Eltern sie begleite-
ten. Doch vorher hatten sich Ella und Anton
am 11. März 1911 in Hamburg das Jawort
gegeben. Antons Angehörige waren leider
nicht anwesend. Von seiner Schwester Juliane und seinen Eltern war lediglich ein Ge-
schenkpaket mit einem sechsteiligen Ess-
service eingetroffen – angekündigt durch
einen Glückwunschbrief, in dem sie ihr
Fernbleiben bedauerten. Da es um die Gesundheit seiner Mutter sehr schlecht bestellt
sei, könnten sie nicht kommen. Anton hatte
sich gefragt, ob das stimme oder nur ein
Vorwand sei. Für eine Heimreise war es,
zwei Tage vor der Hochzeit jedenfalls zu
spät gewesen, und so galten sie offiziell als
entschuldigt.

Das Hochzeitspaar

Tatsächlich verstarb Lisette Kampe noch im selben Jahr. Die Nachricht vom Tode seiner Mutter traf allerdings erst am Tag der Beerdigung bei Anton ein. Ihm blieben nur Trauer, heimliche Tränen und ein stilles Gebet. Als sein Vater Anfang Mai 1912 im Sterbebett lag, fuhr Anton noch einmal nach Hause und kehrte dann für immer in seine Wahlheimat, Hamburg, zurück.

***

Die Personen der Handlung:

Anton Theodor Kampe	entwickelt sich vom Kind zum Mann
Elisabeth (Lisette) Kampe	seine Mutter, Wirtin
Gottfried Kampe	sein Vater, Fuhrmann
Franz Kampe	Antons älterer Halbbruder
Juliane (Julchen)	die ältere Schwester, als Kind Julchen genannt.
Otto Kaputo	Antons Freund
Kurt Krause	Malermeister
Berthold Schütz	Weggefährte und Freund
Ella Rotenbach	Antons zukünftige Ehefrau
Andreas Rotenbach	Schneidermeister, Ellas Vater
Marie Rotenbach	Ellas Mutter
und andere	

Die Namen sind frei erfunden. Irgendwelche Übereinstimmungen mit lebenden oder verstorbenen Personen wären rein zufällig.

***

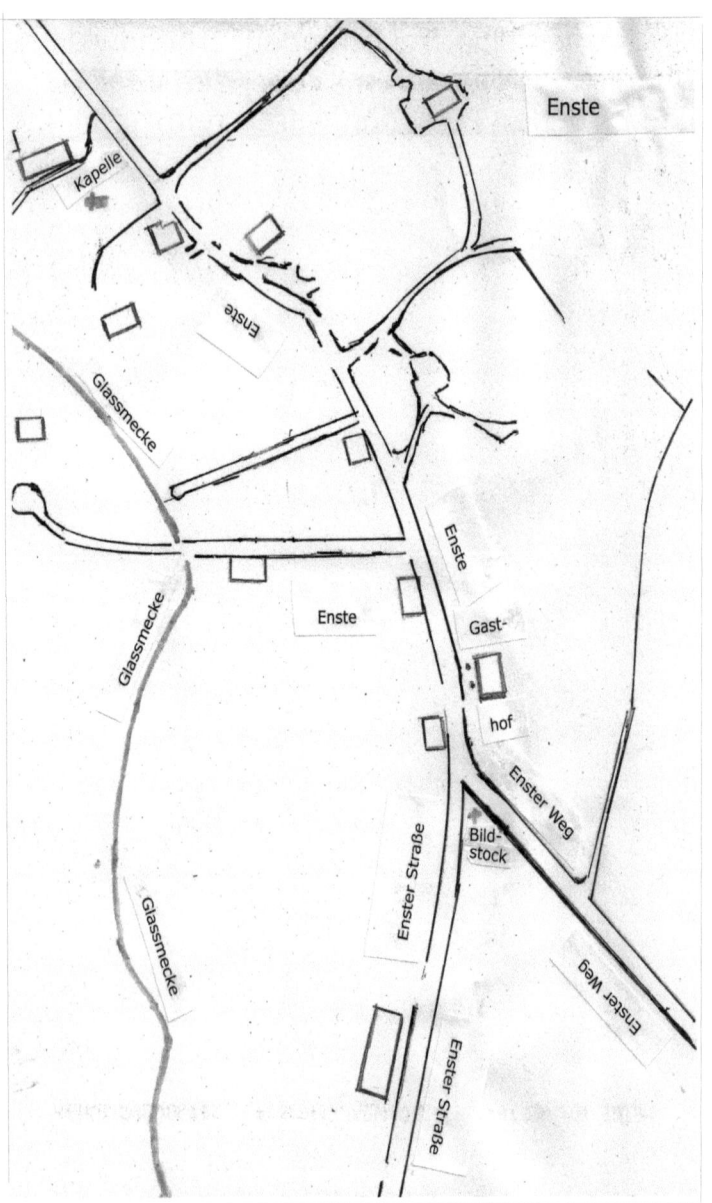

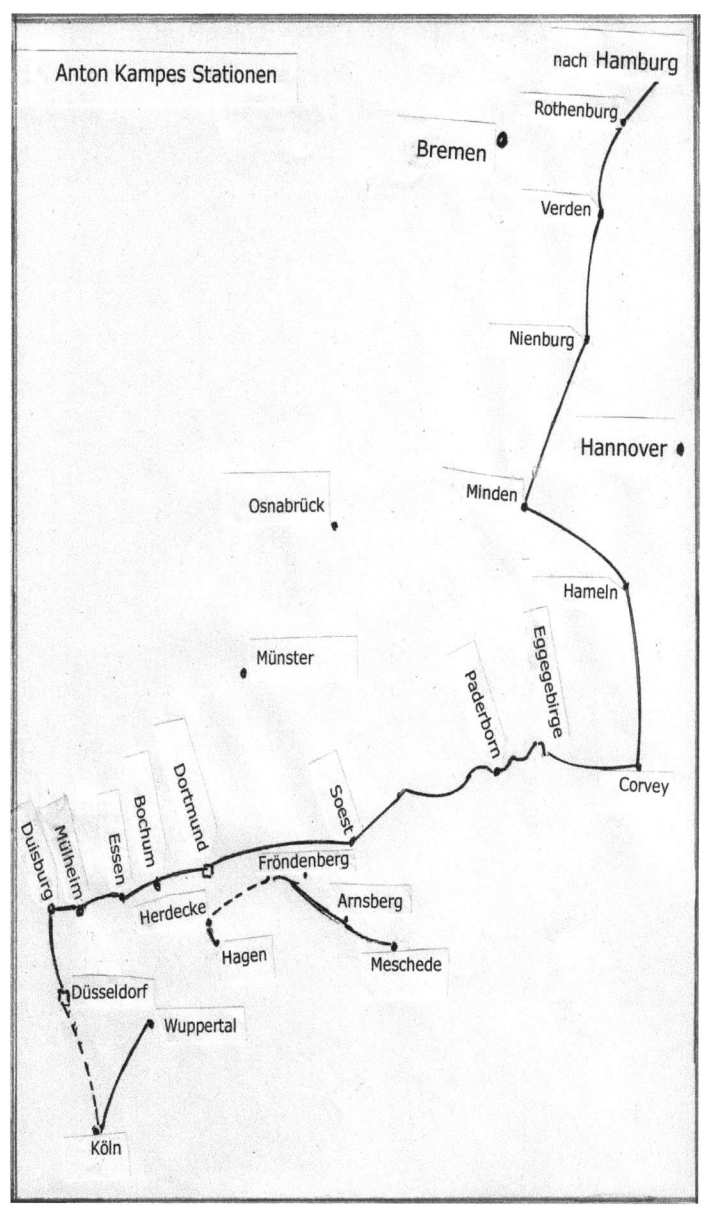

Anton Kampes Stationen

nach Hamburg
Rothenburg
Bremen
Verden
Nienburg
Hannover
Minden
Osnabrück
Hameln
Münster
Eggegebirge
Paderborn
Corvey
Dortmund
Soest
Bochum
Essen
Fröndenberg
Mülheim
Herdecke
Arnsberg
Duisburg
Hagen
Meschede
Düsseldorf
Wuppertal
Köln

223

In 2018 veröffentlichte der Autor als eBook

Kind in wirrer Zeit

ISBN: 9783739423500